Laisnel de la Salle

Contes du Berry

L'OISEAU DE LA MORT

C'était le soir du dimanche des Brandons. La maîtresse du domaine, qui était malade et en misère[1] depuis près d'un an, et qui, depuis la fête de la Chandeleur, ne se levait plus de son lit, s'écria tout à coup, en s'adressant à sa famille qui causait tranquillement et à voix basse autour du foyer :

— Mon Dieu ! mes enfants, qu'est-ce que j'entends donc ?

Tout le monde aussitôt fit silence, et tout le monde aussitôt reconnut le lamentable cri de l'oiseau de la mort.

— C'est le volet de la fenêtre du grenier, mère, que le vent fait grincer sur ses gonds, répondit le Grand Pierre, qui était le fils aîné de la malade et le chef de la famille.

Puis, faisant un signe à ses frères et sœurs, il ajouta rapidement et d'un ton plus bas :

— Continuez de causer, vous autres, et tâchez d'élever un peu plus la voix.

Ce disant, il saisit son fusil suspendu au manteau de la cheminée et sortit en grande hâte.

À peine dans la cour, il découvrit, à la pâle lueur des étoiles, l'oiseau de malheur, accroupi parmi les touffes de joubarbe qui couronnaient le sommet de la maison[2].

Il porte aussitôt son arme à l'épaule : la flamme brille, le plomb vole, mais sans que l'on entende la moindre détonation !…

L'oiseau n'en paraît pas moins mortellement atteint, car son corps, après avoir roulé le long du toit, vient tomber aux pieds du Grand Pierre. Celui-ci se baisse pour le ramasser, mais… il ne voit, il ne trouve rien !… et il n'a pas encore eu le temps de relever la tête qu'il entend derechef partir du haut du toit les cris : *Mours !… mours !…* poussés par la hulotte, qui avait repris sa place.

Sans perdre une seconde, il ajuste de nouveau l'étrange gibier. L'arme part, mais toujours sans faire entendre le moindre bruit !..

Comme la première fois, le corps de l'oiseau descendit rapidement la pente

---

[1] On est en misère lorsque, par suite d'une maladie quelconque, on va toujours dépérissant.
[2] La joubarbe, que nos paysans appellent *mourejamais*, traduction littérale de son nom latin *sempervivum*, passe pour porter bonheur à la maison sur laquelle elle croît, et pour faire vivre longtemps ceux qui l'habitent : aussi se garde-t-on bien de la détruire.

du chaume et tomba en rebondissant sur le sol. Comme la première fois aussi, le Grand Pierre se penche pour le saisir, mais… ne trouve rien !… et avant qu'il se fût redressé, le sinistre oiseau, perché dans les joubarbes, avait repris son funèbre refrain : *Mours !… mours !…*

On assure que le Grand Pierre rechargea encore trois fois chacun des canons de son fusil, et que, aux six coups qu'il tira, les mêmes circonstances se reproduisirent.

—Mon Dieu ! se dit enfin le Grand Pierre effrayé, qu'est-ce que cela veut dire ?…

Alors il pensa qu'il avait dans un coin de son coffre[3] quelques-unes de ces balles bénites que l'on tient toujours en réserve pour tirer sur la Grand'Bête, la Levrette, les Loups-Brous et autres bêtes faramineuses[4].

Cependant, on ne cessait d'entendre au dehors la plaintive clameur : *Mours !…* *mours !…* à laquelle commençaient à se mêler les hurlements des chiens de la ferme.

Le Grand Pierre revint tout en émoi à son poste, et, après s'être signé et avoir dit la prière du charme, il éleva son fusil à la hauteur de l'œil et pressa vivement la détente.

Cette fois, tout se passa naturellement, seulement, au moment de la détonation, une petite flamme brilla un instant sur le sommet du toit, précisément à la place qu'avait occupée l'obstiné chanteur.

Quant à ce dernier, le Grand Pierre n'en vit trace ni dans l'air, ni sur le chaume, ni par terre.

Mais son chant avait cessé.

Le Grand Pierre, de retour à la maison, s'approcha du lit de sa mère, entrouvrit doucement les rideaux et la trouva morte.

---

[3] Beaucoup de paysans du Berry se servent encore d'un coffre pour mettre leurs hardes et ce qu'ils ont de plus précieux (L. DE LS).

[4] Bête malfaisante, bête féroce. De *fera* et de *minax*, sans doute (L. DE LS).

LES DEUX PROCUREURS

Il a été un temps où le château de la Pouserie, situé dans la commune de Thevet, appartenait à un seigneur, vieux garçon, qui, après avoir mené joyeuse vie, se trouvait à peu près ruiné et en était presque réduit à vivre du produit de sa chasse. Ce n'est pas qu'il ne lui restât à percevoir, sur les terres de trois ou quatre paroisses qui entouraient son manoir et en relevaient, une foule de beaux et bons droits, tels que cens, rentes, champarts, lods et ventes, terrages, chaînages, lainages, etc., etc., qui auraient largement suffi pour le maintenir sur un très bon pied dans la province : mais, à l'exception de quelques chefs de famille qui lui apportaient encore, quand venait la Saint Michel, une ou deux douzaines de poules de coutume et autant de vieux coqs de redevance, hors aussi quelques bouquets de fleurs de devoir seigneurial qu'il recevait le jour de la Saint-Jean-Baptiste et qui ressemblaient bien plus, dans la position où il se trouvait, à une mauvaise plaisanterie qu'à un hommage, tous ses autres tenanciers refusaient d'acquitter leurs droits et devoirs.

C'est qu'ils s'étaient aperçus que leur seigneur avait égaré depuis longtemps le papier terrier qui établissait ses revenus et privilèges.

Aux premiers signes de ce mauvais vouloir, le vieux seigneur de la Pouserie, qui n'avait jamais vu très clair, et pour cause, dans ses archives, s'était bien empressé de remettre ses titres, chartes et pancartes entre les mains de maître Goupil, l'un des plus habiles procureurs de la ville voisine, en lui enjoignant de rechercher le parchemin *adiré*[5], et de poursuivre, au préalable, les récalcitrants : mais, depuis deux ans, les efforts de ce dernier n'avaient guère abouti qu'à faire naître une multitude de petits procès dans lesquels le châtelain avait constamment eu le dessous, et à l'occasion desquels le procureur avait fait d'assez bonnes pêches en eau trouble. Le plus fâcheux de tout cela, c'est que les dernières pistoles du pauvre hobereau avaient fondu dans ce litige avec la même promptitude que la rosée aux premiers rayons du soleil de juin : aussi passait-il la plus grande partie de ses journées et de ses nuits à maugréer et contre ses vassaux, et contre ses juges, et contre son procureur.

Il se trouvait précisément dans un de ses accès de mauvaise humeur, lorsque, pour la centième fois peut-être, maître Goupil vint à se présenter devant lui.

---

[5] Roman : égaré.

—J'apporte à Votre Seigneurie, lui dit le procureur, une nouvelle liste de tenanciers contre lesquels il n'a point encore été formé d'instance, et je viens solliciter votre agrément pour les poursuivre.

—L'agrément que je vous ai donné jusqu'à présent, maître Goupil, n'a été pour moi qu'une source de déplaisir et de mortifications, et je vous déclare que je n'autoriserai pas de nouvelles poursuites, parce que j'ai la conviction qu'elles n'aboutiraient à rien et que, d'ailleurs, je suis dans l'impossibilité d'en payer les frais. Voyez donc à changer vos batteries. Il est vraiment inconcevable que vous n'ayez pas trouvé l'aveu et dénombrement de ma châtellenie dans le cartulaire que je vous ai confié. On m'a parlé, à ce propos, ces jours-ci, de lettres de terrier qu'il me serait facile d'obtenir en grande chancellerie, lettres au moyen desquelles je pourrais contraindre tous mes vassaux et sujets à représenter leurs titres et passer nouvelle reconnaissance : comment ne m'avez-vous pas indiqué cette ressource ?

—Monseigneur, parce que j'espérais toujours mettre la main sur votre papier terrier, que ces lettres, qui d'ailleurs coûteraient fort cher à impétrer, sont destinées à remplacer.

—Il faut pourtant que cela finisse, maître Goupil, et puisque vous me semblez à bout d'expédients, je vous préviens que je vais m'adresser à maître Lechat, votre confrère.

Ceci fut dit d'une très grosse voix et accompagné d'un geste qui ne souffrait point de réplique et devant lequel le procureur était habitué à se retirer.

Quoiqu'il se fît déjà tard, le baron, pour s'étourdir et tromper son ennui, prit son fusil et s'en fut au bois chasser à l'affût.

Mais il n'était point en chance : il eut beau choisir les tirés les plus giboyeux de sa forêt de Boulaise, qu'il connaissait si bien, il n'eut pas occasion de brûler la moindre amorce.

La nuit était presque à moitié écoulée, et il allait regagner son manoir, après quatre grandes heures perdues à faire le guet et qui n'avaient guère servi qu'à surexciter sa bile, lorsque l'idée lui vint d'aller se poster près d'une passée par où les bêtes fauves de la forêt revenaient habituellement du gagnage et qui avait été cent fois témoin de ses prouesses.

Pour plus de précautions, il grimpa, selon sa coutume, au haut d'un grand chêne dont le ramage centenaire dominait en cet endroit le gaulis. Il était occupé à s'y emménager, et, tout en rêvant sangliers, cerfs et chevreuils, il répétait mentalement ce vieil aphorisme d'un maître en vénerie : *Attendre doit chescun archier leur revenir de leur vianders ou menjures couvert à un arbre*[6], lorsqu'il se fit dans le fourré un léger bruit qui lui parut provenir du bruit des ramilles sèches, sous le pas de quelque animal. Presqu'au même instant, une agitation subite et qui se propageait en ligne droite, fit onduler les jeunes branches du taillis, et deux loups énormes débouchèrent tout à coup dans la passée, s'y arrêtèrent à peine une seconde, et vinrent se camper au pied même du grand chêne.

Quoique ce ne fût point là le gibier qu'attendait le vieux chasseur, il abaissait déjà le canon de son fusil et s'apprêtait à leur envoyer une balle, lorsque l'un des loups s'adossant contre l'arbre, dit à son camarade :

— Je n'en puis plus, cette course m'a éreinté. Donne-moi une prise.

L'autre loup tendit sa tabatière.

Que l'on nous permette une interruption : cet incident donnerait à croire que les faits que nous rapportons ne remontent pas même au milieu du seizième siècle puisque le tabac ne fut introduit en France que vers l'année 1560.

— Sais-tu, continua le premier loup, en aspirant avec avidité la poudre de Nicot, sais-tu que le vieux baron perd patience ? Il m'a menacé, hier soir, de m'ôter sa clientèle et de t'en faire cadeau.

— À présent qu'il n'y a plus rien à frire, dit en ricanant le second loup, grand merci. D'ailleurs, il serait par trop curieux de voir un procureur se tourner contre d'anciens clients pour les forcer à acquitter des droits dont il était parvenu à les affranchir.

— Ce ne serait pas la première fois que cela t'arriverait, vieux madré, et tu en as bien fait d'autres, reprit le premier loup en accompagnant ces mots d'un rire éclatant auquel prit part son compagnon, et qui dégénéra bientôt en un hurlement prolongé.

Ici, le baron releva son arme et redoubla d'attention, car, dès les premiers mots, il avait reconnu dans les deux bêtes rousses maître Goupil et maître Lechat qui venaient de courir le Loup Brou, et leur conversation prenait une tournure qui l'intéressait au dernier point.

— Ce que tu as de mieux à faire, fit maître Lechat à son confrère, et je te donne là un conseil d'ami, car il n'est pas dans l'intérêt de mes commettants, c'est d'exhumer et produire au plus vite l'introuvable papier-terrier.

— Telle est bien aussi mon intention, répliqua Goupil, et quand le vieux sire sera rentré dans ses droits et se sera un peu remplumé, c'est bien le diable si nous ne trouvons pas encore moyen d'en tirer pied ou aile.

---

[6] Gaston Phœbus : chap. LXXIX de son livre sur la chasse.

Et deux nouveaux éclats de rire, terminés par un long hurlement, éveillèrent une seconde fois les échos de la forêt.

En cet instant, le seigneur de la Pouserie coucha en joue les deux malandrins, mais il réfléchit que les balles de son fusil n'étant point bénites, il n'avait aucun pouvoir sur eux.

—Il est temps de quitter le bois, dit alors maître Lechat.

—Partons, ajouta son camarade, nous nous reposerons à l'orée de la forêt, chez le cabaretier Pédard, où nous tuerons le ver[7] en attendant le jour.

Ce disant, les deux loups prirent leur élan et disparurent dans les halliers.

Quoique le baron n'eut rien tué, il ne trouva point qu'il eût fait mauvaise chasse.

Il descendit aussitôt du vieux chêne et se dirigea en toute hâte vers son château. Seulement, à la sortie du bois, il entrouvrit, en passant, la porte du cabaretier Pédard, et aperçut, au fond de la taverne, maître Goupil et son compère occupés, en tenue convenable cette fois, à sabler le vin blanc de Montgenoux.

—Messire de la Pouserie! s'écria Goupil en se levant et se découvrant avec respect.

—Ne vous dérangez pas, maîtres, dit le baron, qui referma vivement la porte et continua sa route.

Il ne s'arrêta chez lui que le temps nécessaire pour faire seller un cheval et partit à franc étrier pour la ville voisine.

À la suite d'une entrevue qu'il eut avec le prévôt, ce magistrat, indigné de la conduite des deux procureurs, se transporta immédiatement de sa personne au domicile de maître Goupil, et y découvrit, au bout d'un quart d'heure à peine de perquisition, le précieux papier terrier.

Il va sans dire que, par le fait de cette découverte, les deux procureurs perdirent leurs charges et que maître Goupil, en particulier, fut condamné à payer d'énormes dommages et intérêts au vieux seigneur de la Pouserie.

Peu de temps après, et précisément au moment où Goupil restituait en bloc à son ancien client les pistoles qu'il lui avait volées en détail, le baron lui disait:

—Vous êtes bien heureux, messieurs les fripons, que le vieux sire ait eu la générosité de ne point parler de certaine course nocturne dans les bois de Boulaise. N'oubliez pas que si quelque jour il lui venait en fantaisie d'en dire seulement un mot, il pourrait vous en cuire, et prenez bien garde à vos peaux!

Le Goupil comprit parfaitement, grimaça un sourire indescriptible, s'inclina profondément et disparut.

---

[7] Tuer le ver, c'est boire du vin blanc, le matin, à jeun.

LE SERPENT AU DIAMANT

Nos conteurs populaires sont loin d'être d'accord sur le lieu où se passa l'événement dont nous allons parler. Le domicile des narrateurs influe beaucoup sur le choix du théâtre qu'on lui donne. Tantôt on en place la scène à Lacs, près de La Châtre : tantôt au milieu de l'étang de Villiers, dans le Cher : tantôt, et le plus souvent, à Samblançay, Samblançay, localité qui nous est inconnue, mais qui existe ou a dû exister, assurent les conteurs, du côté de Bourges. Quoi qu'il en soit, à quelques variantes près dans les détails, le fond de l'histoire est partout le même, et voici, en somme, ce que l'on rapporte.

Il y a de cela bien des siècles, un pauvre bûcheron, qui habitait près d'un vaste étang au milieu duquel s'élevait un bois de chênes, avait l'habitude de se rendre, de loin en loin dans cette île pour y recueillir des branches mortes dont il composait son bûcher. Un jour donc qu'il se livrait à cette occupation, il ne fut pas peu étonné de rencontrer dans une clairière de la forêt un énorme amas de serpents dont les corps emmêlés, noués les uns aux autres, formaient une boule vivante, affreuse à voir, qui se mouvait lentement et au hasard, et de laquelle partaient des sifflements stridents et continus.

Un point brillant scintillait à la surface de cette sphère inextricable, et il semblait qu'il allait toujours grossissant à mesure que les sifflements des reptiles augmentaient d'intensité. Lorsque ce point brillant eut atteint le volume d'un œuf, tout bruit cessa : les corps des serpents se détendirent, s'allongèrent et se laissèrent aller, un à un, sur le sol, comme brisés par la violence de l'exercice auquel ils venaient de se livrer.

Bientôt il ne resta plus de cette boule hideuse qu'un serpent monstrueux qui, roulé sur lui-même, en formait le noyau. Sur son front resplendissait un énorme diamant. À la vigueur avec laquelle il développa les interminables spirales de son corps, il était aisé de voir qu'il ne partageait pas l'énervement de ses frères. Loin de rester comme eux étendu sur la terre, il déploya rapidement les ressorts nerveux de ses anneaux, et se dirigea, tête levée, vers le lac. Arrivé là, il laissa tomber son diamant sur le gazon qui tapissait le rivage, plongea sa tête dans les flots, et but avidement et longtemps.

Cela fait, et le globe lumineux ayant repris sa place sur son front, le monstre gagna l'orée de la forêt et disparut dans ses noires profondeurs. Il était déjà loin que l'œil, guidé par les feux qui jaillissaient de sa couronne, pouvait encore suivre, à travers l'épaisseur des halliers, les sinuosités de sa marche.

Ce spectacle merveilleux fit, on le croira sans peine, une impression bien vive sur l'esprit du pauvre bûcheron. Il abandonna aussitôt son travail, s'achemina vers le batelet qui l'avait amené dans l'île, le détacha de la rive et reprit tout rêveur le chemin de sa cabane.

À partir de ce moment, il n'eut plus qu'une idée en tête, celle de s'emparer du diamant. Il ne se préoccupa plus d'autre chose, s'ingéniant, nuit et jour, à trouver le moyen de mettre son projet à exécution : mais plus il y songeait, plus cette conquête lui paraissait pleine de dangers, sinon impraticable. Retrouvât-il jamais le serpent dans des circonstances pareilles à celle où il ne l'avait encore rencontré qu'une seule fois, nul doute qu'il lui serait impossible de mettre la main sur le diamant sans être aperçu par le monstre qui alors le poursuivrait jusque sur le lac, ferait chavirer sa barque aussi facilement qu'une coquille de noix et le dévorerait infailliblement.

Quelque tristes, quelque désespérantes que fussent les conclusions de tous ses calculs, de toutes ses combinaisons, il n'en persista pas moins dans son hardi dessein. À force de le ruminer, de le sasser et ressasser, il en arriva à se persuader qu'au moyen d'un grand et solide tonneau auquel il adapterait une porte, qu'il pourrait ouvrir et fermer à volonté, il viendrait à bout de mener son entreprise à bonne fin.

Il se mit sans retard à l'œuvre, et aussitôt que cette singulière embarcation fut terminée, il la hissa sur son bateau, la dirigea vers l'île et l'amarra sous le vent qui soufflait de ses bords, Après quoi, il s'enfonça dans le bois, se mit en quête des serpents, battit, fouilla dans tous les sens et fourrés et clairières, sans parvenir à trouver ce qu'il cherchait.

Combien d'excursions il fit ainsi dans l'île, —toutes aussi infructueuses les unes que les autres, —nul ne saurait le dire. Loin, toutefois, de perdre espoir, il s'acharna tellement à son idée que bientôt il ne se passa plus une journée sans qu'il se rendît dans la forêt.

Enfin, au bout d'un an, jour pour jour, après celui qui lui avait enlevé tout repos, ses vœux furent exaucés : il revit les serpents !…

L'étrange spectacle auquel il avait déjà assisté se reproduisit dans ses détails les plus minutieux : serpents enlacés en boule, sifflements aigus, diamant radieux, rien n'y manqua.

Aussitôt qu'il vit le serpent-roi se détacher du groupe et s'avancer majestueusement vers le lac, il le suivit avec résolution, tout en cherchant à dissimuler sa présence en se glissant derrière le tronc des chênes.

À peine le dragon a-t-il confié son diamant à la verte pelouse et dardé sa langue enflammée vers les flots, que le bûcheron s'élance, se saisit du trésor tant désiré et s'enfuit à pas précipités vers son tonneau.

Au moment de s'embarquer, il embrasse d'un coup d'œil rapide et inquiet tout ce qu'il peut découvrir des contours de l'île, et remarque avec surprise et satisfaction qu'il n'est point poursuivi. Il n'en met pas moins de hâte à s'éloigner de ces bords, car déjà il entend sortir de la forêt des sifflements épouvantables auxquels un puissant bourdonnement sert de basse continue. Bientôt aussi l'horrible tête du dragon apparaît au-dessus de la cime des plus grands arbres : elle s'agite dans tous les sens et vomit des torrents de flamme et de fumée. Mais il est aisé de juger, aux mouvements saccadés et incertains du monstre, qu'il ne sait de quel côté se diriger, et qu'en lui enlevant son diamant, on lui a ravi la vue.

Le bûcheron arriva donc chez lui sain et sauf.

Aussitôt qu'il fut un peu remis de son émotion, il pensa à ce qu'il ferait de son diamant. Comme il ne manquait pas d'intelligence, il eut bientôt compris que personne, dans la contrée, n'était à même de lui compter le prix d'un pareil joyau : c'est pourquoi il se décida sur le champ à le porter au roi.

Or, il paraît que ce prince, jaloux de consacrer tous ses moments au bonheur de ses peuples, était tellement avare de son temps, qu'il avait coutume de condamner à une prison perpétuelle toute personne qui, admise à l'une de ses audiences, ne l'avait entretenu que de matières frivoles.

Cette circonstance n'était pas ignorée de notre bûcheron : aussi lui donna-t-elle à réfléchir. Mais, rassuré bientôt par l'importance de l'objet de sa démarche, il se rendit résolument au palais du roi et demanda à lui parler.

À son grand étonnement, le roi le reçut de la façon la plus amicale, lui prit affectueusement les mains et l'interrogea de l'air le plus gracieux sur le but de sa visite.

— Sire, dit le bûcheron tout confus, je ne suis venu céans qu'à seule fin de vous faire un cadeau.

Alors il sortit de sa poche le diamant. Le roi en fut d'abord ébloui : puis il le prit dans sa main et dit aussitôt au bûcheron .

— Je sais ce que c'est, mon ami : mais, vous, connaissez-vous toute la vertu de cette pierre précieuse ?

— Je soupçonne seulement, sire, qu'elle est d'un grand prix, et c'est pourquoi l'idée m'est venue de l'offrir à Votre Majesté.

— Ce diamant, reprit le roi en souriant, a deux propriétés très remarquables : l'une, c'est de bien faire accueillir par tous les puissants de la terre celui qui le porte sur soi, et vous lui devez la réception que je vous fais en ce moment ; la seconde, la voici :

Le prince, à ces mots, détacha des parois de l'appartement une lourde masse d'armes tout en fer, et, la touchant avec le diamant, elle fut à l'instant même changée en or. Des haches, des coutelas, des fers de lance, éprouvèrent une transformation semblable.

L'étonnement du bûcheron était à son comble. Cependant le roi, qui s'était recueilli et qui réfléchissait sans doute au trouble profond qu'un pareil talisman, s'il venait à s'égarer, pourrait jeter dans le système monétaire de son gouvernement, ne tarda pas à prendre une résolution héroïque.

— Mon ami, dit-il au paysan, votre fortune et celle de votre famille sont assurées. Mais comme je pense que le fer est plus utile que l'or, et qu'il pourrait se faire qu'un jour ce diamant tombât entre les mains d'un vaurien qui, alors, serait à même d'abuser des bonnes grâces du pouvoir, je vous ordonne d'aller sans retard le jeter dans le lac qui environne l'île où vous l'avez trouvé. Allez… je vous le répète : je me charge de votre sort et de celui des vôtres.

Le paysan, qui, au bout du compte, n'avait jamais rêvé rien de mieux et ne pouvait rien désirer de plus, s'empressa d'exécuter l'ordre du roi.

Ici, la tradition varie et cela nous semble tenir à la différence d'aspect qu'offrent les lieux que l'on assigne à la scène.

Les uns disent qu'aussitôt que le diamant eut touché les eaux de l'étang, elles disparurent à jamais au milieu d'un tremblement de terre.

D'autres prétendent qu'au moment où le bûcheron lança le diamant dans le lac, d'effroyables détonations partirent des profondeurs de ses abîmes, dont les ondes bouillonnantes s'élancèrent vers les cieux en d'immenses colonnes, tandis que de gigantesques gerbes de flammes, jaillissant de tous les points de l'île, dévoraient tout ce qui était à sa surface et n'y laissaient que des cendres.

En Normandie, en Lorraine, en Franche-Comté et ailleurs, on s'entretient aussi beaucoup d'un dragon aveugle, dont la marche ou le vol est éclairé par une brillante escarboucle qu'il porte sur le front et qu'il ne quitte jamais qu'au moment où il éprouve le besoin d'étancher sa soif. Celui qui parviendrait à s'emparer de ce diamant, pourrait, dit-on, se vanter de posséder un trésor incomparable, car il lui procurerait pour toujours et santé et richesse.

Nous allons transcrire ici le passage que Pline a consacré à l'*ovum anguinum* des Gaulois, et l'on y reconnaîtra l'origine de la plupart des croyances que nous venons de mentionner.

« L'œuf de serpent, si renommé dans les Gaules, est produit par une quantité prodigieuse de serpents qui, pendant l'été, se réunissent en boule, s'étreignent et se collent les uns aux autres au moyen de la sueur et de la bave qui suintent de leurs corps et de leurs gueules. Au dire des druides, les serpents lancent, en sifflant, cet œuf dans les airs. C'est alors que ceux qui désirent s'en emparer doivent, avant qu'il ait touché terre, le recevoir dans un *sagum*, sauter aussitôt en selle, et fuir à bride abattue jusqu'à ce qu'ils aient mis un fleuve entre eux et les reptiles. On attribue à l'*anguinum* la merveilleuse vertu de faire gagner les procès et de rendre accessibles les puissants de la terre. On le reconnaît à cet indice : chargé de chaînes d'or et jeté dans un cours d'eau, il surnage et remonte vers la source. Les druides, toujours habiles à envelopper de mystère leurs vaines pratiques, prétendent que l'on ne peut se procurer cet œuf que pendant certaine phase de la lune, comme s'il dépendait d'un homme de faire concorder l'opération des serpents avec le mouvement des astres. J'ai eu occasion, ajoute Pline, de voir l'un de ces œufs : il avait la forme et le volume d'une pomme de moyenne grosseur : sa surface cartilagineuse, criblée de mille trous, ressemblait à un polypier.[8] »

En définitive, c'est encore dans les livres sacrés des Aryas et des Hindous, ces antiques répertoires qui recèlent les origines les plus reculées des langues et des croyances européennes, que l'on découvre les traces les plus anciennes de l'*anguinum* gaulois et de notre serpent au diamant.

---

[8] *Histoire naturelle*, liv. XXIX, chap. 12.

JEAN LE CHANCEUX

Un pauvre sabotier habitait avec sa famille et son fils, âgé de seize ans, une misérable cabane située près de la lisière d'une immense forêt. De douze enfants que sa femme avait mis au monde, il ne lui restait plus que ce garçon, auquel, pour cette raison, il avait donné le nom de Jean le Chanceux.

Jean le Chanceux aimait beaucoup son père et sa mère ; mais la solitude où il vivait et le métier sédentaire et peu lucratif de sabotier lui déplaisaient fort. Il aurait voulu employer son temps d'une manière plus profitable, essayer d'un travail moins ingrat, en un mot, chercher au loin, autant pour ses parents que pour lui-même, une meilleure place au soleil. Ces projets dataient de loin, et il s'en était déjà et plus d'une fois ouvert à son père qui avait toujours fort mal accueilli ses confidences à ce sujet. Enfin, un beau jour qu'il venait de mettre la dernière main à une paire de sabots, il s'écria résolument :

— Voilà, si j'ai bien compté la trois cent cinquantième paire de sabots que j'ai faite et parfaite depuis que je sais le métier, et je n'en ai pas mieux fait mon chemin pour cela. Je n'y tiens plus mon père ; je veux voyager, je veux tenter fortune et montrer que ce n'est pas en vain que vous m'avez baptisé Jean le Chanceux. Grâce au curé de la paroisse, je sais lire et écrire, et avec cela, je dois, il me semble, arriver à quelque chose et améliorer notre sort à tous trois.

— Pierre qui roule n'amasse pas mousse, répartit en grognant le vieux sabotier.

— Non, mais elle se polit, à ce que dit monsieur le curé.

— Qu'est-ce que tu me chantes-là ? reprit le père qui ne comprenait pas. Va-t-en au Diable ! et que je n'entende plus parler de toi.

Malgré cette rebuffade, le jeune homme n'en procéda pas moins sur-le-champ à ses préparatifs de départ, ce qui lui prit peu de temps. Puis il embrassa sa mère, qui sanglotait, tendit la main à son père, qui lui tourna le dos et lui cria pour la seconde fois :

— Va-t-en au Diable !

— Vous me congédiez avec une bien mauvaise parole, dit tristement le fils, en franchissant le seuil de la cabane.

L'intention de Jean était de se rendre dans quelque grande ville et d'y chercher sans retard un emploi. Or la ville la plus proche était encore assez éloignée, et il fallait pour s'y rendre traverser toute la forêt. Il y avait déjà sept grandes heures qu'il cheminait sous la haute futaie, et néanmoins ni la fatigue, ni la nuit qui approchait, ne le préoccupaient, tant il était absorbé par les rêves d'avenir, plus riants les uns que les autres, qui défilaient dans son cerveau, lorsque tout à coup il se trouva en présence d'un d'un petit monsieur habillé tout de noir et dont les yeux jetaient dans l'ombre, qui commençait à s'épaissir, un éclat singulier.

Jean le salua, et, tout en s'écartant du sentier pour le laisser passer, lui demanda :

— Monsieur, pourriez-vous me dire si je suis encore bien loin de la sortie de la forêt ?

— Tu t'en approches, mon garçon. Mais où vas-tu par là ?

— Je n'en sais trop rien, Monsieur : je me rends à la ville pour tâcher d'y trouver du travail.

— Veux-tu entrer chez moi comme domestique ?

— Je ne demande pas mieux, Monsieur.

— Combien veux-tu gagner ?

— Cinquante écus ; est-ce trop , Monsieur ?

— Non, et je te promets au moins le double, si je suis content de toi : d'abord, dis-moi, sais-tu lire ?

— Oui, Monsieur, et écrire, s'empressa de répondre le jeune homme, non sans éprouver une certaine satisfaction de lui-même.

— Oh ! alors, mon garçon, tu ne saurais faire mon affaire. J'en suis fâché, tu me plaisais ; mais c'est comme ça.

Et il continua son chemin.

Jean le Chanceux, tout déconcerté, se grattait l'oreille et ne bougeait pas de place, lorsqu'une idée soudaine et passablement audacieuse lui traversa l'esprit.

— Eh ! Monsieur, s'écria-t-il, sans prévoir les suites d'un tel mensonge, il y a mon frère qui vient derrière moi ; il ne sait pas lire, lui, et vous pourrez peut-être vous entendre ensemble.

— Eh bien, je verrai répondit le petit monsieur sans s'arrêter.

Aussitôt Jean quitte le sentier, s'enfonce dans le fourré et se hâte de rebrousser chemin, afin de se rencontrer de nouveau avec l'étranger. Cependant, il dépouille sa veste, dont l'endroit était gris et l'envers entièrement rouge, la retourne, l'endosse et se retrouve, dix minutes après, devant l'inconnu qui n'avait pas cessé de suivre le sentier.

Jean le salue comme la première fois, et se range pour le laisser passer, mais sans dire mot. L'homme noir alors se retourne et lui crie :

— Où vas-tu donc par là, jeune homme ?

—Je n'en sais trop rien, Monsieur : je me rends à la ville prochaine pour y trouver du travail. Vous avez dû, il y a un instant rencontrer mon frère ?

—Oui, et c'est étonnant comme tu lui ressembles, dit lentement l'inconnu, en l'examinant avec attention.

—Tout le monde le remarque, il faut bien que cela soit : mais il n'y a rien là de bien surprenant : mon frère et moi sommes jumeaux.

—Veux-tu entrer chez moi comme domestique ? dit alors l'étranger.

—Je ne demande pas mieux, Monsieur.

—Cinquante écus : est-ce trop, Monsieur

—Non, et je te promets au moins le double, si je suis content de toi : mais, d'abord, réponds-moi, sais-tu lire ?

—Non, Monsieur, répliqua Jean le Chanceux, en affectant un air contristé. On m'a bien envoyé quelque temps à l'école, mais je n'ai jamais pu mordre à rien. Ce n'est pas comme mon frère, qui sait lire, écrire, compter et beaucoup d'autres choses encore.

—Eh bien, viens avec moi, dit l'homme en noir.

Et prenant aussitôt à gauche du sentier, il disparut dans le sous bois, suivi de Jean le Chanceux.

Ils marchaient depuis à peu près une demi-heure sans avoir échangé une parole, lorsqu'ils arrivèrent en face d'un vieux manoir construit, en pleine forêt, sur un massif de hauts rochers auxquels les rayons de la lune donnaient, en cet instant, les formes les plus fantastiques.

—Voici ma demeure, dit l'inconnu.

—Elle n'est pas gaie, pensa tristement le pauvre Jean.

On entra, et tandis que le jeune homme, assis devant une table assez bien servie, apaisait commodément sa faim, son nouveau maître lui expliqua en quoi devait consister son service.

—Tu n'auras absolument à t'occuper que de mon cheval et de mes livres. Quant aux soins que peut exiger ma personne, ils ne te regardent point. Tu veilleras à ce que nul être humain ne pénètre ici pendant mes absences, qui sont assez fréquentes, et tu ne t'absenteras toi-même qu'une fois par an et avec ma permission. Du reste je t'engage à ne te préoccuper aucunement de ce que pourraient te paraître avoir d'étrange et mes habitudes et l'inté-rieur de cette maison. Et, je te le répète, si tu t'acquittes correctement de tes devoirs qui, comme tu le vois, ne sont ni nombreux, ni difficiles, tu seras étonné de la manière dont je récompense les personnes qui me sont dévouées.

Cela dit, et Jean le Chanceux ayant largement satisfait son appétit, son maître le conduisit dans la bibliothèque qui devait désormais lui servir de chambre à coucher. Cette pièce était immense et garnie sur ses quatre faces de nombreuses tablettes qui supportaient une multitude de bouquins, de format très varié et dont la reliure, parcheminée et jaunie par le temps, attestait la plus haute antiquité.

Jean, auquel sa nouvelle condition suggérait une foule de réflexions qui n'étaient pas toutes couleur de rose, ne put s'y livrer longtemps, car à peine fut-il étendu sur sa couche, qu'un sommeil de plomb engourdit aussitôt et son esprit fatigué d'émotions, et son corps brisé par la marche.

Le lendemain, lorsqu'il s'éveilla, les rayons du soleil égayaient déjà depuis longtemps sa chambre. Aussi se hâta-t-il de s'habiller et de courir offrir ses services à son maître. Mais il eut beau visiter la maison de la cave au grenier, explorer l'interminable labyrinthe des corridors et des escaliers, entrer dans les appartements qui étaient ouverts, heurter aux portes qui étaient closes, il ne put trouver à qui parler.

Alors, il se rendit à l'écurie, où l'attendait le cheval du maître, qui lui parut hors de service, tant il était vieux, et auquel il donna la provende et les soins d'usage. Puis, il visita la cour qui entourait le manoir. Elle était, de tous côtés, protégée par une espèce de rempart à pic qui ne permettait d'y entrer ou d'en sortir que par une porte aussi solide au moins que la muraille et qui, pour le moment, se trouvait très soigneusement fermée.

—Ce n'est pas là du tout mon compte, ne put s'empêcher de ses dire Jean le Chanceux; je voulais être libre et je suis en prison. C'est égal, j'attendrai les effets de la générosité de ce monsieur, car c'est là l'important pour mon père et pour ma mère.

Tout en faisant ces réflexions, il se dirigea vers l'office, où il découvrit d'abondantes provisions, auxquelles son appétit de seize ans fit honneur.

Les journées suivantes se passèrent absolument comme la première : toujours la même solitude, le même silence, les mêmes loisirs ou, pour mieux dire, le même ennui.

Enfin, au bout d'un mois, l'homme noir reparut. Il inspecta soigneusement son cheval, qui lui sembla en aussi bon point que le comportait son grand âge : examina minutieusement ses livres, et fut satisfait de les voir bien rangés et nets de toute poussière.

—C'est très bien, dit le petit homme, en frappant amicalement sur l'épaule de Jean le Chanceux : continue ainsi et tu n'auras pas à t'en repentir. Tiens, prends cela, non comme avance sur ton loyer, mais comme témoignage de ma satisfaction. Et il lui mit entre les mains une pistole toute neuve.

Le lendemain, l'homme noir avait déjà quitté le château. Il continua d'y faire ainsi, de loin en loin, quelques courtes apparitions, et, à chacune d'elles, Jean recevait des éloges sur son service et une nouvelle gratification.

Cependant, le pauvre jeune homme se mourrait d'ennui. Il avait bien cherché à se distraire en feuilletant les livres de la bibliothèque, mais tous ceux qu'il avait ouverts étaient écrits en caractères bizarres auxquels il ne pouvait rien comprendre. Un jour qu'il y revenait pour la centième fois peut-être, non dans l'espoir de mieux rencontrer, mais afin de parcourir les figures baroques qui couvraient les pages de quelques uns de ces bouquins, et qui piquaient sa curiosité sans la satisfaire, il tomba sur un petit volume écrit à la main et dans la langue qui lui était familière. Quel ne fut pas son étonnement, lorsqu'il lut en tête d'un chapitre les mots suivants : *Comment on peut voir et faire des choses surnaturelles…* : et plus loin : *Comment on parvient à faire de l'or.; Par quel moyen on peut ouvrir les portes les mieux fermées : Comment on peut se changer en toutes sortes de bêtes, etc., etc.*

Malgré le rapide essor qu'avait pris son imagination, à l'annonce de toutes ces merveilles, un titre, entre tous, frappa pour le moment son esprit et captiva toute son attention : et ce fut celui-ci : *Comment on peut connaître ce qui se passe à grande distance.*

Ces paroles lui rappelant tout à coup sa famille, il voulut, en se conformant aux prescriptions du petit livre, savoir à l'instant même ce qu'elle devenait, et il sut :

Il vit son pauvre père creusant tristement un sabot, tandis que sa bonne mère tricotait en pleurant dans un coin… Chose incroyable ! il put lire dans leur pensée aussi clairement que dans la sienne, et se convaincre qu'ils étaient tous les deux désolés de son absence.

— Chers amis, s'écria-t-il, en s'essuyant une larme, nous nous réunirons bientôt !

Alors l'idée lui vint de s'enquérir de son maître, d'apprendre enfin qui il était, où il se trouvait en cet instant, ce qu'il faisait. Mais ce désir était à peine formé, que Jean le Chanceux, l'œil fixe et les traits bouleversés, jeta un grand cri et perdit entièrement connaissance. Lorsqu'il revint à lui, tout son corps tremblait comme une feuille, et aussitôt qu'il put proférer une parole, il s'écria d'une voix étranglée : « Le Diable ! Le Diable !… Je suis chez le Diable !!…»

Cette horrible découverte attrista pour le moins autant qu'elle effraya le malheureux Jean. Il vit où l'avait conduit son mensonge ; il se rappela les derniers adieux de sa famille et il eut la conviction que les paroles de colère qu'un père adresse à son fils rebelle sont toujours exaucées.

Toutefois, comme il ne manquait pas de résolution, il eut bientôt recouvré tout son sang-froid. Alors, il réfléchit que, dans ses conventions avec le Diable, il avait tout au plus engagé son corps et point du tout son âme, et que, son année de service terminée, c'est-à-dire dans trois mois, il serait libre de retourner chez ses parents. Mais, en attendant, il résolut de mettre à profit le temps qu'il avait encore à passer chez son terrible maître, se proposant d'étudier à fond le petit livre et d'apprendre par cœur tous les secrets qu'il jugerait pouvoir lui être utiles un jour. Il se livra à cette étude avec d'autant moins de scrupule que son intention n'était pas d'en faire un mauvais usage.

À la première visite que fit le Diable à son manoir, le vieux cheval se trouva mort. Il n'adressa, à cette occasion, aucun reproche à Jean qui, comme on peut le croire, se tint, durant cette entrevue, plus que jamais sur la réserve.

—Le pauvre animal avait fait son temps, dit Georgeon, et je m'attendais tous les jours à le perdre. Heureusement la foire de la Berthenoux est dans deux jours, et je pourrai bientôt le remplacer.

Jean le Chanceux, enhardi par la bonhomie de son maître, se hasarda à lui demander la permission d'aller voir ses parents, et de leur porter les différentes sommes qu'il devait à sa générosité.

—Cela n'est pas possible, en ce moment, mon garçon ; je veux que ma maison soit gardée.

—Cependant, reprit respectueusement Jean le Chanceux, vous m'aviez promis de m'accorder un congé sur l'année, et comme, en cet instant, je n'ai point de cheval à soigner…

—Encore une fois, cela n'est pas possible, interrompit vivement Georgeon. Et un éclair infernal jaillit de sa prunelle.

—Ah ! C'est ainsi que tu tiens ta parole, se dit Jean, lorsque son maître eut disparu ; eh bien, tu ne me retiendras pas plus longtemps prisonnier.

Il se décida sur-le-champ à quitter le vieux manoir. Mais il voulut auparavant en sonder tous les secrets, tous les mystères. Il se mit donc à le parcourir de haut en bas, ouvrant, partout sur son passage, les portes qu'un art diabolique avait cru rendre à jamais inviolables. Il lui suffisait pour cela de prononcer certains mots consacrés, consignés dans le petit livre. Quant au résultat de cette exploration, jamais il n'en parla ; on sut seulement, plus tard, qu'il avait découvert d'immenses richesses accumulées dans les caves du château ; trésor intarissable, où sans doute venait puiser le Diable, toutes les fois que dans ses tournées il trouvait une âme à acheter ; on sut de plus qu'en cette circonstance, Jean ne se fit ni faute, ni scrupule de bien garnir ses poches.

Cependant le jour touchait à son déclin ; c'était le moment que le fils du sabotier avait choisi pour sortir de sa prison. Après avoir observé du haut de la muraille de la cour les abords extérieurs de la porte, il l'ouvrit et gagna précipitamment le couvert de la forêt. Mais bientôt, craignant d'être rencontré par son maître, il jugea prudent d'avoir recourt au plus strict incognito, et, à cette fin, il revêtit, en un clin d'œil, l'apparence d'un jeune et magnifique poulain. Puis, prenant le sentier qu'il avait déjà parcouru pour venir au manoir, il s'abandonna à un galop si impétueux qu'il arriva près de la demeure de sa famille beaucoup plus tôt qu'il ne s'y attendait et avant d'avoir le temps de reprendre sa forme naturelle.

Son père qui, selon son habitude, prenait ce soir—là le frais, debout sur le seuil de la chaumière, fut on ne peut plus surpris de voir ce bel animal déboucher de la forêt et s'arrêter, haletant et couvert de sueur, devant sa porte.

—Ne vous effrayez pas, dit étourdiment le poulain, je suis votre fils.

À ces mots, sortant d'une pareille bouche, le sabotier fut pris d'un tel saisissement qu'il tomba à la renverse. Jean, se hâtant de se transformer, releva son père et le porta dans la cabane. Là, grâce aux soins que lui prodiguèrent et sa femme et son fils, le vieillard eut bientôt repris ses sens. Alors, tout s'expliqua par le récit que leur fit Jean de ses aventures.

—Vous le voyez, cher père, dit-il en terminant, vous m'aviez envoyé au Diable ; j'y ai été, mais j'en suis revenu, et je voudrais bien n'y plus retourner. À cet effet, il est nécessaire que je redevienne encore une fois poulain et que vous me conduisiez demain à la foire de la Berthenoux pour m'y vendre. Ne vous inquiétez pas du reste, et que ma mère prépare, pour demain soir, et pour nous trois, un bon souper ; voilà de quoi y pourvoir. Et ce disant, il versait sur les genoux de sa mère le contenu d'une bourse pleine d'or. Jamais ces pauvres gens n'avaient vu tant de richesses réunies ; ils ne pouvaient en croire leurs yeux, et leur joie égalait au moins leur étonnement.

—Ah! ce n'est pas à tort que je t'ai nommé Jean le Chanceux! s'écria gaiement le vieillard.

—Vous en verrez bien d'autres, dit son fils.

Là-dessus, la famille fut se coucher.

Le lendemain, le vieux sabotier s'éveilla de bonne heure et appela Jean à plusieurs reprises, sans recevoir de réponse.

—Serait-ce un rêve ? se dit-il tristement en se jetant à bas de sa couche.

Mais il eut à peine ouvert la fenêtre qu'il aperçut le beau poulain tondant d'une dent avide la verte pelouse toute diamantée de rosée qui séparait la cabane de la forêt.

—Je déjeune, comme vous voyez, cher père, dit le bel animal ; faites-en bien vite autant de votre côté, et partons pour la foire : nous n'avons pas de temps à perdre.

Quand le bonhomme eut pris son repas, il s'empressa de rejoindre son fils, qui lui dit :

— Ne vous gênez pas, père, sautez-moi sur le dos, et ne vous inquiétez point du reste.

Chemin faisant, Jean le Chanceux jugea à propos de donner quelques instructions à son père touchant la vente à laquelle ils allaient procéder.

— Faites-moi hardiment cent pistoles, et ne vous pressez pas de conclure le marché, lui dit-il ; sans vanité, je suis assez bien fait de ma personne de poulain pour être sûr qu'à ce prix-là, je ne manquerai pas d'amateurs.

Il disait vrai : car lorsqu'ils se réunirent à l'une de ces mille caravanes qui, de tous les points de l'horizon affluaient vers la foire, l'aspect du noble animal attira l'attention de tout le monde. C'était à qui s'éloignerait pour lui livrer passage, et surtout pour admirer, d'une distance convenable, le merveilleux ensemble de ses incomparables qualités. Si bien qu'au moment où le jeune cheval aborda le champ de foire, toute cette foule qui l'acclamait déjà depuis longtemps semblait se trouver là plutôt pour lui servir d'escorte que pour vaquer à ses propres affaires.

À peine le beau poulain fut-il en place, qu'un cercle immense et pressé de connaisseurs se forma autour de lui, et que le plus riche et le plus retors des maquignons de la foire aborda le vieux sabotier et lui dit :

— Combien cette bête ?

— Cent pistoles.

— Pourquoi pas deux cents ? dit railleusement le maquignon, en visitant avec soin le cheval.

— Dame ! si vous voulez les donner, ça n'empêchera pas le marché, reprit le vieillard.

— Allons ! cinquante pistoles, proposa le maquignon, après avoir terminé son examen.

— Soixante ! cria un nouveau personnage qui s'approcha de l'animal et que l'on reconnut aussitôt pour le premier écuyer du roi, qui, tous les ans, fréquentait cette foire dans l'intérêt des écuries de son maître.

— Vous irez bien à soixante-dix ? dit le maquignon, mécontent de voir que l'on courait sur son marché.

— Et même à quatre-vingts ? reprit une voix qui sortait de la foule.

— Puisque vous êtes si peu d'accord entre vous, observa le sabotier, je retire ma mise à prix, afin de vous laisser plus de marge et de vous donner le temps de vous entendre.

— Bravo ! bravo ! exclama joyeusement l'assistance, pendant que le poulain poussait un énergique hennissement d'approbation dont son père comprit parfaitement le sens.

—Cent pistoles! poursuivit l'écuyer.

—Cent dix! répliqua le maquignon.

—Cent vingt! articula vivement la voix qui partait de la foule.

—Tonnerre du ciel! jura le maquignon, pour sûr en voilà un qui s'entend avec l'homme au poulain.

—Montrez-vous donc! montrez-vous! cria-t-on de tous côtés au dernier enchérisseur.

—Me voilà! dit en faisant irruption dans le cercle un petit monsieur habillé tout en noir.

Nul ne le connaissait… hormis Jean le Chanceux.

Aux regards provocants que l'homme noir promenait sur ses concurrents et que n'enflammait pas seulement le feu de l'enchère, l'écuyer et le maquignon comprirent, ainsi que tous les spectateurs, que le cheval ne serait jamais pour eux; aussi abandonnèrent-ils la partie.

Après cinq minutes de silence, le petit monsieur dit au sabotier:

—Conduisez le poulain à l'auberge de la Tête-Noire, où je paierai.

Aussitôt que les cent vingt pistoles eurent été comptées, le père de Jean, qui désormais craignait les voleurs, se hâta de reprendre le chemin de sa chaumière, afin d'y arriver avant la nuit. De son côté, l'homme noir, ou si vous voulez, le Diable, car vous l'avez bien reconnu, enfourcha sa nouvelle monture pour se diriger vers son manoir.

À peine fut-il en selle, qu'il conçut la plus haute idée de son acquisition. « Cet animal doit être plein de ressource », se dit-il, et, pour s'en assurer, aussitôt qu'ils furent en pleine campagne, il lui donna la main. Le poulain partit comme une flèche, et en moins d'une demi-heure dévora les six mortelles lieues qui séparaient le bourg de la Berthenoux du grand bois au fond duquel le Diable avait caché sa retraite.

À la vue des premiers arbres de la forêt, le Diable voulut modérer la fougue de son coursier, mais il ne put y parvenir: tous les moyens, tous les efforts qu'il tenta dans ce but, ne firent qu'activer la course effrénée de l'animal.

Bientôt les rênes se rompirent, et cheval et cavalier disparurent avec la rapidité de la trombe sous le couvert de la forêt.

Le poulain, sans rien abattre de son impétuosité, semble choisir les passages les plus difficiles. Tantôt il s'élance à travers les ronces et les épines; il rase de ses flancs les aspérités tranchantes des rochers, ou bien se jette à corps perdu sous les arbres, dont les rameaux entre-croisés et surbaissés peuvent lui effleurer la croupe.

L'homme noir, cependant, les mains nouées aux crins de sa monture se livre à la foule d'évolutions plus ou moins adroites, plus ou moins heureuses, pour déjouer ses desseins évidemment malintentionnés. Mais bientôt, meurtri, lacéré par tout le corps, il est contraint de lâcher prise. Il tombe…et, pour surcroît de disgrâce, reçoit dans la mâchoire, au moment même de sa chute une rapide série de ruades capables d'assommer un bœuf : ce qui toutefois ne l'empêche pas de suivre de l'œil son poulain, tant le Diable a la vie dure.

À la crainte de perdre une bête de ce prix, se joint désormais dans son cœur le désir de s'en venger : aussi n'en fait-il ni une ni deux : il se change en loup et s'élance à sa poursuite avec tant d'ardeur, qu'un instant lui suffit pour l'atteindre. Déjà il bondit et va lui sauter sur la croupe, lorsque le poulain, qui a tout vu, tout prévu, se transforme soudain en hirondelle, pointe comme une fusée à travers le feuillage, et s'élève, et plane bientôt au-dessus du dôme verdoyant de la forêt.

Alors, seulement, Satan comprit à qui il avait affaire : ses secrets avaient été surpris ; il devina tout et sa rage fut au comble.

Sans perdre une seconde, de loup qu'il était, il devint épervier, perce à son tour la voûte mobile de la forêt, et gagne d'un vol puissant les hautes régions du ciel.

Un coup d'œil lui a suffi : ce point noir qui fuit et va se perdre, là-bas, au fond de l'horizon, c'est l'hirondelle. L'épervier part comme l'éclair.

Cependant, le roi du pays qui prenait, ce jour-là, le plaisir de la chasse à l'oiseau, accompagné de sa fille et de quelques personnes de sa cour, traversait, en ce moment, la vaste plaine au-dessus de laquelle semblait sur le point de se dénouer le drame de Jean le Chanceux.

—Voyez ! voyez ! dit tout à coup le roi à sa fille, en lui indiquant du doigt, presqu'au-dessus de leurs têtes, l'épervier qui était près d'atteindre l'hirondelle.

—Pauvre petite ! elle est perdue !… s'écria la princesse, les yeux tournés vers le zénith.

Presque aussitôt, elle cessa d'apercevoir les deux oiseaux, et sentit dans ses vêtements quelque chose qui la gênait.

Or, ce qui l'incommodait ainsi, c'était d'abord Jean le Chanceux qui, voyant l'épervier fondre sur lui, avait jugé à propos de se changer en diamant et de se laisser choir dans la gorgerette de la jeune fille ; c'était ensuite, le dirons-nous ?… Le Diable lui-même qui, sous la forme d'un grain de blé, avait suivi de près Jean le Chanceux dans sa charmante retraite.

La princesse qui était loin de se douter d'un si mauvais voisinage, se tient un moment à l'écart, saute à bas de sa haquenée, secoue sa robe et se débarrasse des deux objets qui tombent et se perdent dans le gazon ; puis elle se remet en selle et rejoint la chasse.

À l'instant même, Jean le Chanceux, plus que jamais sur ses gardes, se change en coq, saute sur le gain de blé, l'avale, et chante par trois fois sa victoire d'une voix claire et retentissante.

Vingt minutes après, il soupait tranquillement avec son père et sa mère, ainsi qu'il le leur avait promis la veille, et leur racontait la fin de son histoire.

Les uns disent que, grâce aux sommes assez rondes qu'il avait tirées du Diable, Jean le Chanceux devint le *coq* de son village, et que, tout en se faisant aimer d'un chacun, il passa, toute sa vie, pour avoir le *Diable au corps*. D'autres prétendent qu'il fit main basse sur les trésors du vieux manoir de la forêt, et qu'étant devenu le plus grand seigneur de la contrée, il eut l'occasion de rendre au roi des services d'argent de la dernière importance. Ils ajoutent que, ne pouvant oublier les charmes de la princesse, après l'avoir approchée d'aussi près, il parvint à gagner ses bonnes grâces et enfin à l'épouser, au grand contentement de tout le monde.

LA LEVRETTE

Un braconnier du village des Baudins, commune de Lacs, était, un soir, à l'affût aux abords d'un petit bois voisin de son hameau, lorsqu'une bête blanche sort du taillis, s'arrête et se prend à le considérer. Le paysan ne met pas un instant en doute que ce ne soit la Levrette : aussi détale-t-il à grand'erre. Sa frayeur est telle que l'idée ne lui vient même pas de faire usage de son fusil et qu'il n'ose jeter un coup d'œil en courant par-dessus son épaule, pour voir s'il est poursuivi. Enfin, il arrive, haletant, à l'entrée du village, pousse la porte-coupée[9] de la première maison qu'il rencontre, entre, ferme seulement le vantail du bas, et se jugeant en sûreté, regarde résolument derrière lui.

La Levrette est là à vingt pas à peine... et avance toujours !...

Le braconnier n'hésite plus et fait feu sur la bête... La bête tombe...

Cependant, le maître et la maîtresse de la maison dans laquelle il se trouve, réveillés en sursaut parle coup de fusil, sautent à bas de leur couche, et s'informent, pleins d'épouvante, de quoi il s'agit.

On se reconnaît, on s'explique : puis il est question d'aller tous ensemble à la découverte du diabolique gibier. Dieu sait avec quelles précautions, avec quel émoi, on procède à cette exploration ! Ce n'est que munis d'eau bénite et en prodiguant les signes de croix, qu'ils osent, tous les trois, s'acheminer vers la place où gît la bête.

—Ah ! le malheureux ! s'écrie tout à coup la femme, il a tué ma chèvre !...

Rien n'était plus vrai. La pauvre bête s'était égarée, la veille, dans les champs, et c'est pourquoi ses maîtres après l'avoir vainement cherchée toute la soirée, avaient laissé leur porte entrouverte, afin qu'elle pût entrer au logis, si l'envie lui prenait d'y revenir.

—Je vous paierai votre chèvre, dit le braconnier tout penaud à ses deux voisins : mais je vous en prie, ne parlez pas de l'aventure.

---

[9] Porte à deux vantaux superposés dont le plus élevé sert de fenêtre lorsqu'il est ouvert.

LES BONNES DAMES

Les fées, au moyen âge, étaient fréquemment désignées par ces trois dénominations. On les appelle encore ainsi en plusieurs de nos provinces, comme en Normandie, dans le Jura, la Meuse, etc., etc.

Ce sont les *Doumayselas* (les Demoiselles) qui ont creusé toutes les grottes merveilleuses du Languedoc et du Vivarais. On admire surtout la célèbre Baume des Demoiselles, située près de Saint-Bauzille, dans l'Hérault. Cette appellation. doit nous faire souvenir que les Grecs donnent aux Nymphes qui hantent les solitudes le nom de bonnes Demoiselles (Nagarides), et que les inscriptions latines qualifient quelquefois les Fata de *sacre virgines*.

Jeanne d'Arc, interrogée, pendant son procès, sur les relations qu'on l'accusait d'avoir eues avec les fées, répondit à ses juges :

— Que assez près de Domremy, il y avait un arbre qui s'appelait l'arbre des Dames… qu'elle avait ouï dire à plusieurs anciens, non pas de son lignage, que les fées y repairaient[10] : mais que pour elle, elle ne vit jamais fée, qu'elle sache, à l'arbre ni ailleurs. »

Observons de plus que notre mot *dames* répond à celui de *matronæ*, qui, chez les Latins, servait à désigner leurs *fata*.

Les *Dames* ou *Bonnes-Dames* et les *Demoiselles* diffèrent peu, au fond, des *Fates*, si tant est qu'elles en diffèrent. Elles semblent particulièrement fréquenter les pays de plaine, se plaire sous l'ombrage des vieux chênes, sur le vert gazon des prairies, aux frais abords des fontaines. Beaucoup d'héritages, dans les campagnes du Berry, portent les noms de pré à la Dame, champ de la Dame, etc. Un acte de 1169 mentionne une fontaine à la Dame située près de Longefont (Indre) : enfin, on trouve, en Brenne, l'Effe à la Dame, c'est-à-dire l'Étang à la Fée, ce qui nous rappelle que, chez les Poitevins, on parle beaucoup de la Dame de l'étier ou de la Fée de l'étang.

Remarquons, à propos de ces trois dernières appellations, que le mot dame qui sert à désigner l'ondine, le génie élémentaire qui habite la fontaine et les étangs dont nous venons de parler, est également employé par les Hindous pour dénommer, en général, les divinités de l'eau.

« Lorsque, après une longue sécheresse, une pluie abondante fait déborder le

---

[10] S'y rencontraient, de *reperire (note Laisnel).*

Kavery, ou remplit les grands réservoirs qui servent à l'arrosement des rizières, les habitants de ce côté de la presqu'île accourent en foule : « La Dame est arrivée ! » s'écrient-ils, pleins d'allégresse, en s'inclinant, les mains jointes… Puis ils présentent à la Dame des offrandes de toute espèce…[11] »

La Dame de la Font Chancela

Dans la paroisse de Lacs, quelques vieilles fileuses parlent encore de la Dame de la Font Chancela, qui avait coutume de prendre ses ébats, par les beaux clairs de lune, dans un pré qui avoisine la fontaine de ce nom, et qui, pour cette raison, est toujours appelé le Pré à la Dame. La Dame de la Font-Chancela[12], au dire de ces mêmes personnes, était douée d'une incomparable beauté. Un seigneur des environs, qui en était tombé et qui en resta toute sa vie éperdument amoureux, parvint plusieurs fois à l'enlever : mais à peine l'avait-il placée sur son cheval pour l'emporter à son manoir, qu'elle lui *fondait* entre les bras et lui laissait par tout le corps une impression de froid si profonde et si persistante, que toute flamme amoureuse s'éteignait à l'instant dans son cœur, et qu'il en avait pour plus d'une année avant de songer à un nouvel enlèvement.

Comme toutes les prudes, la Dame de la Font Chancela est d'une extrême susceptibilité. Si jamais le hasard vous conduit près de sa source glacée, par une chaude journée de canicule, et que l'envie vous prenne de vous y désaltérer, gardez-vous bien de vous récrier sur la trop grande fraîcheur de son onde, car, à l'instant même, vous perdriez la parole et seriez condamné à aboyer tout le reste de vos jours.

Au reste, il s'est passé et il se passe encore, aux entours de cette fontaine, tant de choses extraordinaires, le jour comme la nuit, ses approches sont semées de tant de surprises, de tant de pièges diaboliques, qu'un chemin public qui autrefois l'avoisinait, a été depuis longtemps complètement abandonné.

Sur le vaste plateau de nature calcaire qui domine, au sud-est, la partie de l'étroit vallon de l'Igneraie, où verdoie le *Pré à la Dame* et où s'épanche la Font-Chancela, s'étend une vaste plaine nue et pierreuse, connue dans les environs sous le nom de *Chaumoi de Montlevic*[13]. Ces champs, tristes et déserts, sont peuplés, durant la nuit, d'apparitions bien étranges.

Il n'est pas rare que le passant attardé y rencontre des châsses (cercueils) gar-

---

[11] Danielo, *Histoire et tableau de l'univers*, t. III.
[12] *Font* est là pour fontaine.
[13] Chaumoi, grande étendue, en plaine, de terres labourables, où l'on ne voit ni fossés ni buissons.

nies de tout leur luminaire et placées en travers sur sa route. En cette occurrence, ce qu'il a de mieux à faire, c'est, après s'être signé, et avoir débité tout ce qu'il sait de prières, de déranger pieusement la châsse, de passer, et de ne pas s'étonner si, en remettant respectueusement à sa place le cercueil, il en entend sortir ces mots, prononcés d'une voix nécessairement sépulcrale :

—À la bonne heure !

L'imprudent auquel il semblerait plus expéditif de sauter par-dessus la châsse serait sûr de ne jamais retrouver son chemin.

Au reste, l'herbe d'engaire, ou l'herbe qui égare, croît, assure-t-on, dans le Chaumoi de Montlevic.

Certaines nuits, c'est une croix d'un rouge sanglant qui luit tout à coup dans l'ombre, s'attache aux pas du voyageur et lui fait escorte tant qu'il n'est pas sorti de cette région mystérieuse.

Une autre apparition non moins lugubre, mais qui, assure-t-on, ne se manifeste qu'aux protégés de saint Martin (les meuniers), lorsqu'il leur arrive de traverser, à minuit, ces mornes solitudes, est celle-ci :

Deux longues files de grands fantômes, à genoux, la torche au poing, et revêtus de sacs enfarinés, surgissent soudainement à droite et à gauche du sentier que suit le passant, et l'accompagnent silencieusement jusqu'aux dernières limites de la plaine, en cheminant à ses côtés, toujours à genoux, et en lui jetant sans cesse au visage une farine âcre et caustique. Les riverains de l'Igneraie prétendent que ces blancs fantômes sont tout simplement les âmes pénitentes de tous les meuniers malversants qui, à dater de l'invention des moulins, ont exercé leur industrie sur les bords de cette petite rivière.

Quelquefois enfin, ce sont des spectres plaintifs qui vont errant çà et là, à travers ces lieux solitaires, en portant dans leurs bras une pierre énorme, et en criant sans relâche d'une voix haletante : « Où la mettrai-je, la borne ?... Où la mettrai-je, la borne ?... »

Généralement, on tient pour certain que ces espèces de Sisyphes ne sont autre chose que les ombres de malheureux qui, pendant leur séjour ici-bas, ont déplacé les bornes des champs de leurs voisins afin de leur voler quelques toises de terre et l'on affirme que, pour mettre fin à leur supplice, il suffit de répondre à leur question, lorsqu'on les trouve sur son chemin : « Mets-la où tu l'as prise ! »

Mais revenons à nos fées.

On affirme qu'il est des jours où les fées ont plus de puissance que dans d'autres. On signale spécialement le Ier mai. C'est la nuit de ce jour-là, surtout, qu'elles choisissent pour rousiner, c'est-à-dire pour balayer, avec les bords traînants de leurs longues robes blanches, la rosée des prairies qu'elles veulent rendre stériles. On assure aussi qu'elles ont le pouvoir de nuire aux moissons et aux vendanges, par le seul effet de leur souffle : mais les villageois, qui connaissent parfaitement ces époques critiques, ont soin, lorsqu'elles arrivent, d'allumer de grands feux dans les champs et de les parcourir en fouettant l'air avec de longues gaules et en tirant force coups de fusil : cela suffit pour tenir à distance tout être malfaisant.

Hâtons-nous de dire que toutes les fées n'ont point cette fatale influence.

Quelques-unes d'entre elles répandent, au contraire, la fertilité et l'abondance sur les lieux qu'elles fréquentent. Il est aisé de reconnaître, dans nos prés et dans nos pâturages, le théâtre accoutumé de leurs jeux et de leurs danses. Leurs promenades favorites, l'aire où elles aiment à s'abandonner aux tourbillons de leurs farandoles échevelées, sont indiquées par de capricieux méandres et des orbes réguliers que tapisse toujours le gazon le plus frais et le plus riche, et où souvent croît spontanément l'humble et odorant mousseron, ce rival modeste, mais apprécié, de la truffe aristocratique.

Il est important de remarquer que les cercles mystérieux que forment les pas des fées, dans leurs rondes nocturnes, passent, en beaucoup d'endroits, pour des asiles inviolables, toutes les fois que, sous le coup d'un danger quelconque, tel que poursuite de bêtes malfaisantes, embûches et attaques de Georgeon et de ses suppôts, on est à portée de s'y réfugier.

À tout ce cortège de Dames, de Fades et de Martes, on peut joindre les Laveuses de nuit, auxquelles on attribue, en Berry, à peu près les mêmes habitudes qu'on leur connaît partout ailleurs. C'est le long des passerelles rustiques, c'est aux bords des fontaines qui avoisinent les chemins profondément encaissés, autour des mares écartées qui, dans nos brandes et nos pâtis, servent d'abreuvoirs au bétail, que les laveuses de nuit aiment surtout à se livrer à leurs mystérieuses occupations.

Tout le monde s'accorde à dire qu'elles s'acquittent de leur besogne avec une sorte d'acharnement, presque toujours en silence, quelquefois, mais rarement, en faisant entendre un chant sourd et monotone, triste comme un *de Profundis*.

Ce qu'elles lessivent ainsi, nul ne peut le décrire. Cela ne ressemble à rien de connu. Ce n'est point du linge, ce ne sont pas, comme ailleurs, des linceuls : c'est une espèce de vapeur, d'une couleur livide, d'une transparence terne et nuageuse qui rappelle celle de l'opale.

Au moment où la lavandière immerge ou retire de l'eau ce je ne sais quoi, cela semble prendre quelque apparence de forme humaine, et l'on jurerait que cela pleure et vagit sous les coups furieux du battoir, sous l'énergique torsion des laveuses.

On pense généralement que ce sont des âmes d'enfants trépassés sans baptême, ou d'adultes morts avant d'avoir reçu le sacrement de confirmation.

La Font-de-Font

Un métayer du domaine des Ferrons, ayant conduit, un matin, avant le jour, au lavoir de la Font-de-Font, une charge de hardes que les ménagères de la ferme devaient venir laver plus tard, fut fort étonné de trouver, à pareille heure, au bord de la fontaine, trois grandes femmes, dont deux lui parurent occupées à tordre du linge, tandis que l'autre l'étendait pour le faire sécher…

—Vous ne vous y êtes pas prises tard! dit à ces ouvrières matineuses le métayer, qui croyait parler à quelques femmes des métairies voisines.

Ces paroles, quoique réitérées, étant restées sans réponse, il s'imagina que ces personnes voulaient plaisanter et fit quelques pas en avant pour savoir à qui il avait affaire. Mais le ciel étant orageux et très couvert, il ne pouvait y parvenir, lorsqu'un rapide éclair illumina tout à coup la scène. S'il n'eut pas le temps de reconnaître les trois lavandières qui, en ce moment, lui tournaient le dos, il remarqua toutefois très bien que les tissus qu'elles lavaient étaient d'une nature telle que, pour les faire sécher, elles n'avaient besoin que de les déployer dans l'air, où ils restaient suspendus sans soutien d'aucune espèce…

Il cherchait, non sans un certain effroi, à se rendre compte de ce singulier phénomène, lorsqu'une des laveuses, se tournant brusquement de son côté, lui tendit l'objet qu'elle avait à la main, et l'invita, par un geste expressif, à le tordre avec elle.

Le métayer, qui déjà commençait à perdre la tramontane, prend machinalement cette chose sans nom : mais… horreur!!! à la lueur d'un nouvel éclair, il vient de distinguer, dans cet objet livide et impalpable, l'image pâle et chérie du plus jeune de ses enfants, qui s'était tué, l'année précédente, en tombant d'un arbre.

Lorsque les femmes des Ferrons arrivèrent, au point du jour, pour laver leur lessive, elles trouvèrent près de la fontaine de la Fond-de-Fond le corps inanimé du métayer : elles le transportèrent aussitôt au domaine, où il reprit connaissance, un instant, à la voix de sa femme, mais il n'eut que le temps de lui apprendre ce qui lui était arrivé, et mourut immédiatement après entre ses bras.

LES MEUNEUX DE NUÉES

Au temps où le bourg de Thevet, près La Châtre, comptait deux paroisses, l'une sous l'invocation de saint Julien, l'autre sous celle de saint Martin, souvent il arriva que la première fut ravagée par la grêle et le feu du temps, tandis que sa voisine n'éprouvait aucun dommage.

Ce phénomène, croyaient les uns, tenait au pouvoir du desservant de Saint-Martin, qui, maintes fois, avait hautement annoncé que, pourvu qu'il eût un pied sur le territoire de sa paroisse, au moment de l'orage, il était certain de la préserver de tout dé-sastre. D'autres pensaient que ce miracle devait tout simplement être attribué à la puissance de Martin : c'est ainsi que l'on appelait la plus grosse des deux cloches de l'église de ce nom, parce que, lors de son baptême, on lui avait donné pour parrain le patron de l'endroit : et les partisans de cette opinion rapportaient à l'appui de leur dire une foule de particularités dont voici la plus significative :

Par une chaude et étouffante journée de mois de juin, les habitants de Thevet virent s'élever dans la direction de La Châtre deux nuages énormes, aux flancs cuivrés, qui, lentement poussés par le vent d'ouest, se dirigeaient vers les hauteurs que couronne leur bourg.

À cet aspect, les sacristains des deux paroisses coururent à leur poste, et bientôt les cloches de Saint-Julien et de Saint-Martin, sonnant à toutes volées, donnèrent l'alarme au pays d'alentour et réveillèrent les voix argentines des clochers des bourgs voisins.

Cependant les deux nuées, se suivant de près, s'avançaient de plus en plus menaçantes, et semblaient braver cet assourdissant carillon, lorsque, parvenues au-dessus des limites de la commune de Thevet, on les vit tout-à-coup s'arrêter.

Alors, et pendant un de ces silences pleins de solennité, qui parfois précèdent les grandes crises de l'orage, une voix, sortie des profondeurs du dernier des nuages, fit entendre ces paroles

— Nous arrivons !… Avance ! avance !…

— Pas possible, Martin parle ! répondit une autre voix qui partait du nuage le plus avancé.

— Eh bien, prends sur la gauche et écrase tout ! reprit la première voix, en accompagnant ces mots d'un blasphème effroyable.

Aussitôt, les deux météores, s'illuminant de tous les feux de l'enfer et retentissant de tout le fracas de la tempête, firent un brusque détour, cernèrent peu à peu la paroisse de Saint-Martin, et, planant, immobiles, sur la contrée environnante, l'assaillirent d'un torrent de feu et de grêle, et anéantirent en moins d'un quart d'heure toutes les récoltes de l'année.

Pas un épi ne resta debout sur le territoire de Saint-Julien !

Pas un grain de grêle n'était tombé sur celui de Saint-Martin !

On avait parfaitement reconnu, du reste, les voix sorties du sein des nuages : c'étaient celles de deux *grêleux* ou *meneux de nuées* des environs, le père et le fils, qui moururent de male mort dans le cours de l'année.

LE MÉTAYER LOUP-BROU

Le baron de ***, riche seigneur terrien qui, d'ordinaire, résidait à la cour, où il occupait un très haut emploi, possédait en Berry, sur les confins de la Marche, une terre assez considérable, où il allait, de loin en loin avec sa famille, passer la belle saison et prendre le plaisir de la chasse.

Parmi ses nombreux métayers, il en était un nouvellement arrivé dans le pays. Cet homme, déjà sur l'âge, était précisément celui qui cultivait le domaine le plus rapproché du manoir seigneurial. Or, depuis sa récente installation sur les terres du châtelain, celui-ci avait remarqué que, tous les mois, au décours de la lune, et pendant trois nuits consécutives, son sommeil était troublé par les aboiements exaspérés des innombrables limiers qui composaient sa meute. Les voix de ces animaux éclataient tout à coup, à minuit précis, et quand le maître sautait à bas de son lit pour jeter un coup d'œil dans les cours et découvrir la cause de ce vacarme, la meute, en dépit de toute clôture, avait déjà gagné pays, et ses abois de plus en plus animés, parcourant tour à tour les coteaux, les plaines, les vallées et les bois, tenaient en éveil jusqu'à l'aube tous les échos des environs.

Le matin arrivé, on retrouvait les chiens couchés aux portes du château, tout harassés, mal en point, fourbus et quelques-uns assez grièvement blessés.

Si le baron interrogeait ses gens sur cet étrange tumulte, les uns lui répondaient qu'il pouvait être occasionné par le passage de la Chasse à Bôdet: les autres, par l'apparition, dans le pays, de la Levrette ou de la Grand'Bête, etc, etc.

Ces réponses excitaient plutôt qu'elles ne satisfaisaient la curiosité du baron, lorsque le hasard se chargea d'éclaircir ce mystère.

Un jour, tout en causant familièrement de choses indifférentes avec une jeune fille aussi gaie que candide, qui habitait la ferme voisine, la dame du château lui demanda, sans avoir l'air d'y attacher la moindre importance.

—Qu'avaient donc les chiens à aboyer et à hurler comme ils l'ont fait toute la nuit?

—Ah! c'est que nous avions nos peaux? dit naïvement la jeune paysanne.

—Comment! vous aviez vos peaux? reprit la dame, surprise au dernier point.

La jeune fille, que son innocence avait trahie, et qui s'en aperçut à l'air intrigué de sa maîtresse, éprouva un moment de confusion : mais comme elle était incapable de mentir et que, d'ailleurs, elle ne songeait point à mal, elle répondit franchement aux questions les plus minutieuses de la baronne, et lui apprit, en somme, qu'à certains jours du mois, et particulièrement entre Noël et la Chandeleur, toute sa famille se revêtait de peaux de bêtes, et courait la campagne, pendant la nuit, poursuivie par tous les chiens de la contrée.

— Mais c'est là ce que l'on appelle courir le Loup-Brou, mon enfant, et c'est un affreux métier que vous faites là, toi et les tiens! s'écria la châtelaine, après avoir entendu la jeune fermière jusqu'au bout.

— Oh! cela ne fait tort à personne, allez, notre maîtresse, reprit tranquillement la jeune fille, et si vous désirez me voir avec ma peau, rien n'est plus facile, ce sera bientôt fait.

La baronne, poussée par la curiosité et retenue par la frayeur, hésitait à répondre, lorsque la paysanne, prenant ce silence pour un consentement, ajouta:

— Si, quand je paraîtrai devant vous, vous veniez à avoir peur, vous n'aurez qu'à me frapper sur le nez avec le premier objet venu, et je reprendrai aussitôt ma forme ordinaire.

La jeune fille, à ces mots, grimpa dans le fenil d'une étable, et, un instant après, une louve, une vraie louve, horrible à voir, s'élançait par la lucarne du grenier et bondissait aux pieds de la châtelaine.

Celle-ci jeta un grand cri et tomba à la renverse!…

De longues heures s'écoulèrent avant qu'elle eût repris ses sens, et lorsqu'elle revint à elle, dans son appartement où on l'avait transportée, elle trouva son mari, seul, à ses côtés, et lui raconta tout ce qui s'était passé.

À quelque temps de là, par une sombre nuit de janvier, un homme, armé d'une carabine, et caché dans une épaisse touffe de houx, se tenait en embuscade près d'une grande croix qui s'élevait, non loin du château, à l'intersection de quatre chemins. Des aboiements, des hurlements épouvantables, auxquels se mêlaient des rires et des hourras de l'autre monde, résonnaient dans le lointain et semblaient rapidement s'approcher.

Un moment après, cette huaille nocturne, composée de loups, de chiens et d'une foule d'autres quadrupèdes inconnus des naturalistes, débouchait sur le carrefour et redoublait, à la vue de la croix, ses clameurs infernales, lorsque deux coups de feu, partis presque instantanément, se firent entendre, et furent suivis d'un court silence pendant lequel un énorme loup, qui marchait en tête de la bande et semblait en être le chef, secoua vivement sa fourrure et prononça très distinctement, ces paroles:

— C'est dommage, c'était bien visé.

Cela dit, les cris, les rires et les huées recommencèrent de plus belle, et l'immonde cohue, reprenant sa course, disparut dans les ténèbres.

On a deviné que l'homme au fusil n'était autre que le seigneur châtelain. Comme il avait très bien reconnu la voix de son métayer dans celle du vieux loup, il eut la curiosité de visiter, le lendemain matin, le lieu de cette scène, et retrouva les deux balles de sa carabine à l'endroit même où le loup avait secoué son harnais.

En reprenant, tout soucieux, le chemin de son manoir, le baron aperçut le vieux métayer, plus alerte et plus dispos que jamais, qui labourait sur la crête d'un coteau voisin en briolant[14] d'une voix calme et sonore.

—Voilà, lui dit-il, en l'abordant, deux balles que je viens de ramasser sur la place même où, la nuit dernière, j'ai tiré un loup pendant que j'étais à l'affût.

—C'est *imaginant*[15], répondit du ton le plus naturel et sans le moindre embarras, le laboureur.

Cette aventure démontra au châtelain ce qu'on lui avait mainte fois certifié et qu'il avait toujours eu de la peine à croire : c'est à savoir que, même avec des balles bénites, on est sans pouvoir contre les Loups-Brous, tant qu'ils sont sous notre dépendance.

Le baron rentra chez lui de plus en plus perplexe, car à ces diaboliques habitudes près, son métayer était un excellent cultivateur, très actif, fort soigneux du bétail, ainsi que tout son monde : mais on ne pouvait, en conscience, garder de pareilles gens à son service.

D'ailleurs, la dame du château, depuis l'apparition de la louve, tombait en pâmoison toutes les fois qu'elle entrevoyait la jeune fille du colon.

Le métayer Loup-Brou fut donc mandé au château, et on lui signifia son congé. Il chercha bien à faire valoir son habileté comme agriculteur, le bon état de la ferme, son produit considérable depuis qu'il la régissait : rien de tout cela ne lui fut contesté, mais on lui répondit que l'on n'aimait pas les gens qui, la nuit, couraient les champs, déguisés d'une certaine façon.

Le métayer n'en demanda pas davantage et se retira visiblement contrarié.

Quinze jours après, le Loup-Brou s'installait avec sa famille à la tête d'une métairie des environs, qui dépendait d'une riche abbaye : quinze jours après, le bétail des nombreux domaines qui composaient la terre du baron était, chaque nuit, régulièrement chassé des pâturages et dispersé dans la campagne, et,

---

[14] *Brioler* : chanter pour encourager les bœufs pendant leur travail.
[15] C'est étonnant.

quand venait le jour, les *boirons*[16] avaient toute la peine du monde à re-trouver et rassembler leurs aumailles : souvent même la plupart de ces pauvres bêtes ne rentraient à la ferme que tout éclopées.

La vengeance du métayer évincé était évidente. Son ancien maître ne fit part à personne de ses convictions à cet égard, car il savait que, pour assurer la réussite du projet qu'il méditait, il était essentiel de ne le communiquer à âme qui vive, mais il s'occupa sans retard de prendre sa revanche.

Après avoir converti un morceau de plomb provenant de la toiture d'une église en un certain nombre de balles, il prononça trois fois sur chacune d'elles l'Oraison dominicale et la Salutation angélique, et, muni de ces projectiles, il fut s'embusquer, un peu avant minuit, dans les halliers de l'un de ses pacages.

Ainsi posté, la nuit fort sombre lui permettait à peine d'entrevoir le nombreux bétail disséminé autour de lui, et qui, du reste, semblait paître avec assez de tranquillité.

Une mortelle heure s'écoula sans que l'on entendît autre chose que le bruit sourd de l'herbe rompue par la dent des aumailles, l'aigre et monotone cri-cri du grillon affairé et, de temps à autre, la soudaine et puissante bramée[17] qu'un taureau jetait, en déchirant l'air, aux échos les plus lointains.

Tout à coup, une sorte d'inquiétude parut s'emparer du troupeau. Elle se manifesta d'abord chez les plus anciens des bœufs. On les vit relever brusquement la tête, diriger leurs mufles vers le même point de l'horizon et recueillir par de fréquentes et avides aspirations toutes les émanations apportées par les vents.

À ce premier trouble succéda bientôt une agitation extrême. Bœufs et taureaux, *bermant à l'effrei*[18], se rapprochèrent les uns des autres. Les plus jeunes, les plus faibles, se massèrent pêle-mêle au milieu des plus vieux et des plus hardis, et le groupe entier finit par former une espèce de bataillon circulaire, crénelé sur son front d'une forêt de cornes menaçantes.

Cependant, le châtelain avait beau interroger l'espace du regard et de l'ouïe, il n'apercevait, il n'entendait rien d'extraordinaire.

Toutefois, s'humiliant devant l'instinct de ces bêtes, il crut à l'approche du danger, et, ne négligeant aucune précaution, il venait de faire la dernière inspection de son arme, lorsqu'il vit apparaître, à l'extrémité du pâtis, une lumière.

—C'est sans doute, pensa-t-il, la lanterne d'un boiron qui vient s'assurer si les bœufs n'ont point quitté le pacage.

---

[16] Bouviers.
[17] *La bramée* se dit aussi du cri des aumailles.
[18] *Bermant à l'effrei* : bramant à l'effroi, beuglant de crainte.

Cela le contraria, car cet incident interrompait une aventure à laquelle il prenait goût et dont il croyait toucher le dénouement.

Mais voilà que la lumière fait une espèce de bond en avant et est aussitôt remplacée par une autre. Celle-ci, bondissant à son tour, cède la place à une troisième, et vient se ranger auprès de la première… Une quatrième, une cinquième lumière, suivies de bien d'autres, se succèdent, absolument de la même façon.

—Dieu me pardonne! se dit à lui-même le baron, qui ne put s'empêcher d'en rire, c'est le personnel entier de mes domaines!… Ces poltrons-là n'auront osé se rendre ici, à pareille heure, qu'après avoir opéré une levée en masse, et ce sont eux qui franchissent, l'un après l'autre, la clôture du pâturage.

Dépité de voir ses projets ainsi déconcertés, il allait quitter son poste pour n'être pas découvert par ses métayers, lorsqu'il s'aperçut que l'anxiété du bétail, loin de diminuer, croissait de plus en plus, à mesure que les lumières approchaient.

Il résolut d'attendre encore.

Chose singulière, la plupart des lumières, semblables à des feux follets, cheminaient sans ordre en sautillant çà et là, tandis que les autres, et c'étaient les plus avancées, suivaient lentement une ligne droite de laquelle elles ne déviaient jamais.

Du reste, aucune parole, aucun chuchotement, aucun bruit de pas.

Enfin, le châtelain crut discerner quelques apparences de formes humaines, mais il n'osait s'en rapporter à ses yeux, car ce qu'il voyait ou pensait voir ressemblait à plusieurs personnes marchant le dos courbé, la tête relevée, et tenant un falot à la hauteur du front.

Un instant après, tout était éclairci. La fantasmagorie des métayers et des lanternes s'évanouissait pour faire place à la réalité, et cette réalité avait elle-même tous les caractères d'une vision.

Une troupe d'animaux étranges, de bêtes sans nom, aux formes et aux allures hideuses, dissemblables et inconnues, et dont les regards brillaient dans l'ombre aussi vivement que des charbons ardents, s'avançait lentement et sans bruit, précédée et guidée par le vieux Loup-Brou, bien reconnaissable à son pelage grisonnant.

Le bétail, frissonnant d'horreur, était sur le point de se débander, lorsqu'une arme à feu détona tout à coup dans le silence de la nuit.

Le Loup-Brou tomba comme foudroyé… : mais presque aussitôt il se releva sous sa forme naturelle, et on le vit s'éloigner clopin-clopant du théâtre de son désastre.

Toute son odieuse séquelle avait déjà disparu.

Inutile d'ajouter que cette simple exécution suffit pour ramener l'ordre et la tranquillité sur les terres du baron.

LE DEVIN

La ferme des Raimonds a toujours été renommée, dans le canton de La Châtre, pour la beauté de ses aumailles. Que cela tienne à l'excellence de ses herbages ou aux soins intelligents du métayer, toujours est-il que ce domaine a, de tout temps, sous le rapport de l'élève des bêtes à cornes, fait la joie et l'orgueil de ceux qui l'ont possédé.

On garde encore le souvenir de l'un des anciens propriétaires de cette métairie, qui, devenu vieux, se faisait apporter un fauteuil dans la mangeoire[19] de ses bœufs, et y passait, disait-il, les plus doux instants de sa vie à voir ces superbes animaux prendre leur réfection.

Mais les colons de ce beau domaine étaient, s'il est possible, encore plus fiers de cette magnifique bouverie que les propriétaires eux-mêmes. Il fallait voir, les jours de marché, le maître métayer des Raimonds déboucher sur la grande place de La Châtre avec son colossal attelage : il fallait le voir s'avancer, triomphant, à la tête de ses dix grands bœufs, égaux de taille, pareils de robe, et les faire lentement défiler sous les regards émerveillés d'une double haie de spectateurs, composée des plus fins connaisseurs du pays et sur la figure desquels se peignaient tous les signes d'une admiration profonde et réfléchie, à laquelle se mêlait quasi du respect. C'était au point qu'en ces occasions solennelles, certains d'entre eux se surprenaient à porter la main à leur chapeau. Notons, en passant, que ce goût pour les bœufs semble être la passion dominante des populations qui peuplent le sud-est du bas Berry. Ailleurs, c'est l'amour des chevaux, de la chasse ou du jeu qui ruine : dans cette partie de notre province, c'est l'amour des bœufs. Cela s'explique parfaitement du reste par le haut degré de considération dont jouissent, dans nos foires, les riches éleveurs. Aussi, il est tel de nos gros bourgeois terriens qui est certainement plus fier d'avoir fourni un *bœuf villé* à la métropole de Bourges, que s'il avait sculpté le fronton du Panthéon ou noté la partition de Guillaume Tell.

Hélas ! il arriva — mais il y a de cela bien longtemps — qu'un jour François Naubin, pour lors métayer du domaine des Raimonds, s'aperçut que ses bœufs dépérissaient à vue d'œil et que ses vaches ne donnaient plus qu'un lait bleuâtre

---

[19] On appelle ainsi la large allée qui règne entre deux rangs de bœufs à la crèche, et sur laquelle on dépose la nourriture de ces animaux.

et aqueux, dont on ne pouvait tirer ni beurre ni fromage. Comme leur nourriture était aussi abondante et d'aussi bonne qualité que de coutume, il ne tarda pas à avoir la certitude qu'un *caillebotier* avait passé par là.

Ce ne fut pas sans un certain sentiment de terreur que François Naubin fit cette découverte : mais comme il était très emporté de son naturel, un violent désir de vengeance eut bientôt remplacé son effroi. Sans s'amuser à conduire ses aumailles en foire et à les faire marchander, il s'en fut aussitôt trouver un vieux devin qui demeurait du côté de Montgivray et qui, sorcier lui-même, se faisait un malin plaisir de contre-carrer ses confrères.

Ce sorcier-devin était depuis longtemps connu pour tel dans le pays : mais comme il employait sa science moins à nuire qu'à rendre service, il n'était pas en trop mauvaise odeur auprès de ses voisins. On savait, par exemple, que lorsqu'il lui revenait qu'un meunier des bords de l'Indre volait un peu trop ses pratiques, il faisait aussitôt tourner à l'envers la roue de son moulin : ce qui déconcertait complètement le voleur et le forçait à aller trouver le devin, qui ne consentait à lever le charme qu'après lui avoir fait promettre de ne plus tirer d'un sac deux moutures.

On savait encore que lorsqu'il connaissait de pauvres diables qui, tout en se tuant au travail, avaient de la peine à gagner le pain de leur famille, il leur procurait gratis de merveilleux collets à prendre gibier de toute espèce, qu'il suffisait de tendre au premier endroit venu, fût-ce dans une cour, dans une rue, sur une place, voire même au faîte d'un clocher, pour que lièvres ou perdrix s'y prissent à foison.

— Je parie que tes bêtes sont ensorcelées, s'écria le devin, en voyant paraître François Naubin.

— Vous l'avez dit, père Billard, et je me rends à vous, répondit le métayer : mais, ajouta-t-il, la voix accentuée par la colère, je veux savoir, et vous me ferez connaître, n'est-ce pas, quel est le scélérat qui veut me ruiner ?

— Rien de plus aisé, mon garçon : mais cela te coûtera un peu cher.

— Coûte que coûte, reprit François Naubin, dites-moi son nom.

— Son nom, je ne puis te le dire, car je ne le sais pas : mais je te le ferai voir en personne.

— Bien ! bien ! s'écria François, ça revient au même : mais dépêchez-vous, je vous en prie.

Alors, le sorcier prit le métayer par la main, lui fit descendre une dizaine de marches et l'introduisit dans une espèce de cellier voûté, beaucoup plus long que large et fort obscur. Après en avoir soigneusement verrouillé la porte à l'intérieur, il le conduisit, à travers deux rangs de vieilles futailles, près d'un baquet rempli d'une eau limpide, dont la surface était argentée par un mince faisceau de lumière qui tombait d'un abat-jour étroit et élevé.

Une baguette de coudrier, dont l'une des extrémités se recourbait en crosse[20], reposait en travers sur les bords du baquet. Le père Billard la saisit et, après avoir fait placer le métayer en face de lui, de l'autre côté du cuvier, il la fit d'abord rouler lentement entre ses mains, et tout en lui imprimant un mouvement de plus en plus rapide, il adressa brusquement ces mots au métayer :

—C'est bien toi, toi, François Naubin, qui veux connaître celui qui te cause du dommage ?

—C'est moi-même, répondit François d'une voix ferme.

—Tu vas le connaître ! tu vas le connaître !… mais je n'en prends rien sur moi !… je n'en prends rien sur moi !… s'écria le devin en jetant des regards effarés dans l'angle de la cave auquel François tournait le dos.

Cependant la baguette avait atteint, dans son mouvement de rotation, un degré de vitesse tellement accéléré qu'on ne l'apercevait plus entre les mains du sorcier. Ce fut en cet instant qu'il la laissa choir perpendiculairement dans le baquet. Au bruit grésillant, aux mille bulles pétillantes qui soudain s'échappèrent du sein du liquide frémissant, vous eussiez dit que l'on venait d'y plonger une verge de fer incandescente.

Aussitôt le devin se pencha sur le cuvier en murmurant quelques mots à voix basse.

—Prends ma place, et regarde, dit-il, un instant après, en se relevant, à François Naubin.

Celui-ci s'était à peine baissé vers le miroir magique qu'il s'exclama les traits bouleversés par la fureur, la haine et la soif de la vengeance :

—C'est lui !… c'est le père Claude !… le métayer de Riola !… C'est bien lui !… d'ailleurs, ce ne pouvait être que lui !.. Ah ! vaurien !… ah ! brigand !… je vais…

—Halte-là ! dit le père Billard, en saisissant le bras de François Naubin, qui s'élançait, bouillant de rage, vers la porte du caveau. On ne se quitte pas comme cela, mon garçon : j'ai auparavant quelques petites conditions à te faire… Mais où allais-tu donc de ce pas-là ?

—J'allais… je vais éreinter ce misérable ! s'écria le métayer, qui cherchait vainement à s'échapper de l'étreinte du sorcier.

—Apaise-toi, mon garçon, apaise-toi, et fais bien attention à ce que je vais

---

[20] Cette baguette doit être faite d'un jet de l'année. On a soin de la couper avec un couteau qui n'ait point encore servi, la veille de la Saint-Jean, au moment où sonne minuit (L. DE LS).

te dire: quand tu auras éreinté, comme tu te le proposes, celui qui t'a fait tort, cela ne remettra pas tes aumailles en état et pourra t'attirer plus que des désagréments. Écoute-moi donc, moi qui peux, seul, rendre la santé à tes bœufs et le lait à tes vaches: écoute-moi donc, moi qui peux, seul, te procurer une jolie petite vengeance dont tu n'auras pas à craindre les suites.

—Eh! quelle vengeance me promettez-vous? demanda tout à coup le métayer: vaudra-t-elle jamais celle que je projette et que j'aurais tant de plaisir à…?

—Elle vaudra mieux, interrompit le devin elle sera plus sûre, et tu n'auras pas à t'en repentir.

Il l'entraîna, à ces mots, vers le baquet, et lui montrant du bout de sa baguette l'image de son ennemi:

—Je puis, à ton gré, ajouta-t-il, lui faire pousser au front une corne, lui empreindre sur la joue une griffe de chat, ou lui crever un œil[21].

—Éborgnez-le!… cria avec un accent de joie mêlée de rage François Naubin.

—C'est fait!… dit le sorcier, en plongeant l'extrémité de la verge dans l'œil droit de l'image.

L'eau du cuvier ondula sous le coup de baguette, puis elle prit une teinte terne et sanguinolente sous laquelle s'effaça et disparut peu à peu la face grimaçante et mutilée.

À la vue de cette lâche exécution, un sentiment de profonde pitié remplaça tout à coup, dans le cœur de François Naubin, la haine et le ressentiment qui l'avaient animé.

—Dieu m'est témoin que ce n'est pas là ce que j'aurais voulu! dit tristement le métayer.

Cependant, le père Billard, en proie à la plus grande exaltation, s'écria derechef, par trois fois, en agitant sa baguette et en jetant ses regards vers le fond de la cave:

—Je n'en prends rien sur moi!… je n'en prends rien sur moi!…

Les yeux de François Naubin ayant pris machinalement la même direction que ceux du devin, il aperçut, non sans une certaine émotion, un grand bouc noir, au regard impudent, aux cornes effrontées, qui stationnait dans la pénombre, assis sur son derrière.

---

[21] Ce sont là, au dire de nos paysans, les trois propositions de vengeance que font invariablement les devins à ceux qui les consultent. Au reste, nous affirmons, une fois pour toutes, que rien n'est de notre invention dans les faits, dans les détails que renferment ces récits. Inventer, en matière semblable, serait une absurdité (L. DE LS).

—Ah! çà, mon garçon, reprit vivement le devin, qui avait déjà recouvré tout son calme, motus sur tout ce qui s'est passé, sur tout ce qui s'est dit, sur tout ce que tu as vu céans aujourd'hui. Au reste, tu dois comprendre que tu es pour le moins aussi inté-ressé que moi à bien tenir ta langue.

Ils remontèrent les degrés du cellier, et, quand vint le moment de se séparer, le père Billard dit au métayer :

—Au revoir, François! Dans cinq heures d'ici, sur le coup de minuit, je serai chez toi, et je lèverai le sort qu'on a jeté sur tes bêtes.

Il faisait presque nuit lorsque le métayer reprit, tout soucieux, le chemin des Raimonds.

—Qu'ai-je fait là, bonne sainte Vierge, qu'ai-je fait là!... murmurait-il en cheminant et en poussant de gros soupirs. Aussi, pourquoi ce maudit homme a-t-il toujours cherché à me nuire depuis ma plus petite jeunesse?... Pourquoi voulait-il achever ma ruine et celle de mes enfants?... Oui : mais c'est une indi-gne action, une action pire cent fois que la sienne que j'ai commise là... Non! non! encore une fois, ce n'est pas là ce que j'aurais voulu!... je l'aurais estropié, tué même d'un coup de poing, que j'en aurais moins de regret... Bah!... après tout... cela est-il bien croyable?... Non!... non!... cela n'est pas possible... et le père Billard...

Il en était là de ce monologue, lorsqu'il entendit au loin, bien loin, devant lui, le galop d'un cheval lancé à fond de train, et qui semblait venir à sa rencontre.

Bientôt il vit briller dans les ténèbres les nombreuses étincelles qui jaillissaient du sabot de l'animal.

—Qui va là?... criait-il un instant après.

Le cavalier, qui était un tout jeune homme, presque un enfant, s'arrêta à peine et répondit rapidement d'une voix émue:

—C'est moi, Tiennet, le *boiron*[22] du domaine de Riola. je vas à La Châtre chercher un médecin pour le père Claude, mon maître, à qui l'un de nos bœufs vient de crever l'œil droit d'un coup de corne.

Lorsque le père Billard arriva aux Raimonds, l'horloge de la ferme sonnait encore minuit.

Tout reposait dans la maison, dans les cours et dans les *chézaux*[23] environ-nants.

Les chiens de garde, d'ordinaire si redoutables aux étrangers, et dont la vigi-lance, jamais en défaut, aurait éventé et signalé un rôdeur de nuit à deux lieues à

---

[22] Jeune garçon qui aiguillonne les bœufs pendant leur travail.
[23] Jardins clos ou chenevières bâtis à proximité d'un bâtiment.

la ronde, se réfugièrent, à l'approche du devin, sous le hangar aux voitures, et s'y blottirent immobiles et craintifs.

Le seul bruit qui se faisait entendre partait de la bouverie. Il était produit par l'incessante et fiévreuse agitation des aumailles et par le heurt fréquent et saccadé de leurs chaînes contre les poteaux des crèches.

Au moment où le père Billard levait la main pour ouvrir l'étable, François Naubin en sortit, car il n'en bougeait guère depuis qu'il avait remarqué le dépérissement de son bétail.

—Tenez, entrez, dit-il au devin, voyez à quoi elles ressem-blent mes chères bêtes! Sans comparaison du saint baptême[24], n'est-ce pas comme de pauvres âmes en peine?

—Quel dommage! s'écria le père Billard, à la vue de ces grands corps décharnés: quel dommage! répéta-t-il à plusieurs reprises, en étudiant de l'œil, en indiquant de la main la parfaite harmonie de leur gigantesque charpente; quels vaillants animaux[25] tu devais avoir là!

—Ah! père Billard, ce n'est rien de le dire, il faudrait les avoir vus en santé… Et le malheureux métayer sanglota comme un enfant.

—Si vous ne venez pas à mon secours, reprit-il un instant après, j'en deviendrai fou… Tenez, voyez comme elles me regardent, toutes ces pauvres bêtes, avec leurs grands yeux pleins de larmes!… N'est-ce pas à fendre le cœur?… Eh bien depuis hier surtout, c'est toujours comme ça.

—Il faut que cet homme…. dit lentement le devin: mais il n'acheva pas sa pensée et se mit à tourner, pensif, inquiet et visiblement contrarié, autour de chaque aumaille.

Le métayer, qui cependant ne le perdait pas de vue, fut frappé de son air hésitant et soucieux.

—C'est fait de moi, pensa-t-il en lui-même le charme est plus fort que le père Billard.

Et il s'accouda sur l'un de ses bœufs, en proie aux plus cruelles appréhensions.

—Il y a bien du mal… bien du mal!… dit enfin, en hochant la tête et comme s'il se parlait à lui-même, le père Billard.

—C'est-à-dire, s'écria le métayer qui se redressa tout à coup, l'œil étincelant et la rage dans le cœur, c'est-à-dire que je suis un homme ruiné, perdu!… Ah!

---

[24] Façon de parler que l'on ne manque jamais d'employer, chaque fois que l'on établit une comparaison entre un cbrétien, c'est-à-dire un homme et un animal (L. DE LS).

[25] Le mot vaillant s'emploie fréquemment, dans nos campagnes (du Berry), en parlant d'un animal ou d'une chose remarquable dans son espèce et qui a du prix (L. DE LS).

ah! père Billard, continua-t-il en éclatant d'un rire effrayant, vous lui avez déjà crevé un œil à ce brigand, j'en suis sûr, son boiron vient de me le dire — eh bien, moi, je vais lui arracher l'autre!…

—Toujours le même! toujours le même! dit, en se jetant en travers de la porte, le sorcier. Ah! ça, maître François, as-tu confiance en moi, oui ou non?

—Oui! répondit le métayer en détournant les yeux, comme s'il eût voulu cacher au devin un reste de doute.

—Patience! alors, mon garçon, patience reprit le père Billard.

Et, ce disant, il lui frappait doucement sur l'épaule pour mieux calmer la fougue de cette nature emportée.

—Dis-moi, ajouta le devin, as-tu une bonne monture?

—J'ai ma pouliche grise qui va comme le vent.

—Eh bien, va la seller: surtout serre bien la sangle et n'oublie pas les éperons. Pendant ce temps, je vais m'enfermer un instant ici, tout seul. Dans un quart d'heure, au plus, trouve-toi à cheval à la porte de l'étable, lorsque je l'ouvrirai.

Moins de dix minutes s'étaient écoulées, que François Naubin, monté comme un Saint Georges, stationnait au poste assigné.

Il fut frappé des bruits qui, en ce moment, partaient des étables, tant ils avaient complètement changé de nature. C'étaient des beuglements tantôt aigus, tantôt graves, qu'accompagnaient des trépignements à faire trembler le sol. C'étaient les cris retentissants du sorcier, poussés, tour à tour, sur le ton de la menace ou du commandement.

Enfin, après quelques: Ah! ah! prononcés d'un accent victorieux, les portes de la bouverie s'ouvrirent, et tous les animaux qu'elle contenait, — quatorze bœufs, douze taureaux et autant de vaches, — se précipitèrent dans la cour, bondissants et pêle-mêle.

D'abord, cette troupe effarée aspira longuement l'air frais de la nuit, puis elle interrogea un instant, de l'œil et du flair, les différents points de l'horizon, et, s'ébrouant soudain avec violence, elle franchit les barrières de la cour et s'élança dans la campagne.

—Alerte! alerte! cria le sorcier en sautant en croupe derrière François Naubin, ne perds pas tes bêtes de vue et ne ménage pas l'éperon.

Alors commença, à la lueur rougeâtre de la lune, dont le disque sanglant sortait des brumes de l'horizon, une sorte de course au clocher durant laquelle le troupeau déchaîné, obéissant à je ne sais quelle mystérieuse impulsion, se précipita en ligne droite dans la direction du couchant.

Ravins, cours d'eau, buissons, halliers, aucun obstacle ne détournait ni ne ralentissait sa fougue.

Tantôt le rapide tourbillon passait, silencieux, dans la nuit, et ne laissait entendre que le souffle haletant des aumailles et le bruit sourd des pas dévoraient le sol.

Tantôt la trombe mugissante jetait soudain aux échos endormis toutes les clameurs de la tempête, et les habitants des rares chaurnines qui se trouvaient sur son passage, se réveillant en sursaut, se demandaient, pleins d'épouvante, d'où pouvaient provenir de pareilles *effamées*[26].

Cependant, la jeune cavale, entraînée comme par un courant magnétique, suivait de près la bande effrénée; mais son allure était tellement impétueuse que le métayer et le devin se trouvaient dans l'impossibilité d'échanger une parole.

Enfin, l'ouragan sembla tournoyer sur lui-même, et cette espèce de remous ralentit peu à peu son essor.

Les deux cavaliers purent respirer.

—Où sommes-nous? demanda le devin.

—Je n'en sais rien, répondit d'abord François Naubin, qui cherchait en vain à se reconnaître à travers les ténèbres et les flots de poussière que soulevait le bétail: mais il ajouta bientôt après: «Dieu me pardonne! nous sommes près du domaine de Riola, et nous tournons depuis un instant autour des murs de clôture… Tenez! voilà que les grandes portes de la cour s'ouvrent toutes seules!… Qu'est-ce que cela veut dire?» finit par s'écrier le métayer en se signant coup sur coup.

—Ah! ah! fit le père Billard d'un air satisfait, voilà qui va bien, mon garçon, voilà qui va bien! Plaçons-nous au milieu de la cour, et voyons faire tes bêtes.

Les aumailles, de plus en plus affolées, firent, à plusieurs reprises, le tour du vaste enclos. Chaque fois, elles s'arrêtèrent à l'entrée de chacun des bâtiments qui bordaient la cour, flairant avec avidité le seuil et les poteaux des huisseries, et faisant entendre par moment des ébrouements énergiques et prolongés. Bientôt, taureaux, bœufs et vaches s'assemblèrent en tumulte devant les portes fermées de la bouverie comme s'ils eussent voulu en faire le siège, et alors le troupeau tout entier poussa par trois fois et à intervalles égaux un immense mugissement qui avait tout l'accent d'un cri de délivrance et auquel répondit, aussi par trois fois, un long et lamentable beuglement qui partait des profondeurs des étables.

—Tes bêtes sont sauvées! s'écria le père Billard, en sautant à bas de la pouliche. À présent, tu n'as plus qu'à les ramener tranquillement chez toi, et dans huit jours elles auront repris tout leur embonpoint. Aie soin, à l'avenir, de placer

---

[26] Grands cris de détresse ou d'effroi. Ce terme expressif, en usage dans nos campagnes, dérive des mots latins *fama* (*phama*, en grec, bruit) et *effari* (L. DE LS).

dans ta bouverie une petite fiole d'eau qui aura été bénite deux fois, le jour de Pâques et le jour de la Pentecôte : cela suffira pour que la malfaisance ne puisse rien sur tes bêtes, tant qu'elles garderont l'étable. Quand viendra la saison de les envoyer au pacage, fais-leur un trou à la corne et remplis-le avec un peu de cire provenant d'un cierge pascal. Ces précautions prises, tu n'auras plus à craindre ni le père Claude, ni les autres.

—À propos du père Claude, demanda François Naubin, comment se fait-il que ni lui, ni les siens ne se soient pas montrés pendant tout ce remue-ménage ?

—Ils n'ont rien entendu, répondit indifféremment le sorcier.

Cependant les aumailles étaient redevenues silencieuses et tout à fait calmes. Les unes s'étaient couchées sur la litière des cours et ruminaient paisiblement en fixant sur la lune leurs grands yeux placides. Les autres, restées debout, promenaient lentement leur langue sur toutes les parties de leur corps et lustraient avec soin leur robe trop longtemps négligée.

—Il faut que je sois rendu chez moi avant le jour, dit le père Billard au métayer, mais je ne veux pas te quitter sans t'aider à rassembler ton bétail et à le faire sortir de la cour.

Ils se mirent donc à chasser le troupeau devant eux, et la dernière aumaille venait de franchir la porte de l'enclos, lorsque François Naubin se retourna pour remercier le devin et lui dire adieu : mais il ne le vit plus… seulement, il crut apercevoir un énorme loup qui sortait de la cour en sautant par-dessus le mur, du côté opposé à celui de la porte, et qui, après avoir disparu un instant dans les chènevières, gagnait pays dans la direction de Montgivray.

François Naubin ne douta pas un instant que ce ne fût le père Billard, qui avait jugé à propos de se transformer ainsi pour se rendre incognito et d'un pas plus rapide dans ses foyers.

LE SORCIER MALGRÉ LUI

I

S'il vous advient quelque jour d'entreprendre le voyage de La Châtre à Bourges et que vous ayez du temps à perdre, lorsque vous serez parvenu au sommet de la montée d'Étaillé, arrêtez-vous un peu au pied du vieil orme Marmouër, dont le registre-terrier des révérends pères Carmes de La Châtre a seul conservé le nom[27], et alors, jetant vos regards par delà les mélancoliques pâturages qui bordent la route du côté de l'est, vous apercevrez au penchant d'un riant coteau, et à la distance d'un quart de lieue dans les terres, un petit groupe de maisons rustiques que des no-yers séculaires protègent de leurs longs bras feuillus : vieux amis qui, pendant le jour, prodiguent aux enfants du hameau de l'ombre pour leurs jeux, et qui, quand vient le soir, leur murmurent les mille bruits de la brise pour les endormir.

Cosnay est le nom de cette champêtre colonie.

Il y a cent ans, une chapelle dont vous pouvez encore distinguer les ruines, s'élevait en avant du village. Deux élégantes ogives à jour qui lui servaient de clocher se miraient alors dans les eaux de l'Igneraie qui coule au bas du coteau : aujourd'hui, une touffe vivace d'églantier remplace ces légères et gothiques arcades, et couronne, chaque mois de mai, de ses gracieuses guirlandes, le front ravagé de l'antique édifice.

En face et sur l'un des côtés de cette humble et sainte ruine, s'étend une vaste pelouse qui, les jours de fête, sert de gymnase au village, et qui, de temps immémorial, porte le nom de *Paraquin*[28].

Tout, dans ce petit coin de terre, respire un parfum d'antiquité. Si vous sondez les entrailles du vert Paraquin, vous y trouverez, parmi d'innombrables ossements, la hache en silex des Gaëls, la brique à rebords des Romains et de

---

[27] On nommait autrefois *marmau, marinenteau*, des arbres que l'on n'abattait jamais, et qui servaient d'ornement à une terre seigneuriale.

[28] Parc, que nos paysans prononcent *par*, est un terme d'origine celtique par lequel on désigne une enceinte, un enclos, un champ. *Haken*, aussi en langue celtique, signifie hoquet, dernier soupir des agonisants. Or, d'après ces indications, *Tar-haken* ou *Paraquin* voudra nécessairement dire champ du hoquet ou champ des agonisants.

nombreuses médailles dont les inexplicables empreintes font le désespoir de la numismatique.

On retrouve aussi, dans les mœurs des habitants, une foule d'usages et de superstitions qui datent des temps les plus reculés. Presque tous, par exemple, croient à l'existence des sorciers : mais ils n'osent plus guère en convenir qu'entre eux, soit que leur foi en ces êtres diaboliques commence à s'ébranler, soit plutôt parce que toute croyance aveugle a peur de rencontrer le doute.

Quoi qu'il en soit, il parait incontestable que Cosnay possédait, il n'y a pas encore fort longtemps, deux ou trois sorciers bien avérés. De ces deux ou trois, il en était un qui le fut pendant bien des années sans le savoir et c'est de ce dernier que nous allons nous entretenir.

Quand viennent les longues nuits de décembre, lorsque le givre revêt d'un blanc linceul le mystérieux Paraquin, le voyageur attardé qui se trouve traverser ce rustique forum, quelques heures après les derniers tintements de l'Angelus de Thevet, est frappé d'un spectacle aussi étrange que lugubre : car alors, et presque au même instant, toutes les portes coupées[29] du village s'entrouvrent, et de chaque chaumière s'échappent en silence, comme des ombres, les paysans que le froid chasse de leurs foyers, et qui enveloppés, les femmes du *chéré* antique[30], les hommes de la *biaude* gauloise[31], se rendent tous, en grelottant, dans les tièdes bergeries de quelque métairie voisine. Or, c'était le soir du 28 décembre, jour des Saints-Innocents. Depuis le premier dimanche de l'Avent, une épaisse couche de neige couvrait la terre, et la misère était d'autant plus grande dans les campagnes, que, la récolte de l'année ayant été mauvaise, les *ménageots*[32] étaient contraints de se morfondre au logis à ne rien faire, faute de trouver à battre[33] dans les granges d'alentour. Aussi n'avaient-ils guère plus de pain dans leur arche[34] que de bourrées à leur *fagotier*[35].

Ce soir-là, à l'exception de quelques jeunes mères qui allaitaient et qui s'étaient couchées près de leurs nourrissons pour les préserver du froid, tout le village de Cosnay s'était réfugié, selon sa coutume, dans l'une des étables de Silvain Bonnin, cultivateur et fermier du domaine de la Chaume. Jamais la réunion

---

[29] Portes à deux vantaux superposés, dont le plus élevé sert de fenêtre, lorsqu'il est ouvert.
[30] On appelle *chéré* une espèce de petit manteau de couleur brune, composé d'une seule pièce de drap, carrée, plus longue que large, que nos bergères portent aux champs. C'est le *sagum* des Celtes Ibériens.
[31] C'est le mot *blaude* dont nous mouillons le *l* à l'italienne.
[32] Petits journaliers.
[33] Nous employons ce mot absolument pour dire battre le blé.
[34] Espèce de coffre long où l'on fait et serre le pain.
[35] Endroit où l'on range les fagots, bûcher.

n'avait été plus nombreuse : jamais aussi elle n'avait été moins animée et moins bruyante. C'est qu'à aucune autre époque, le fantôme décharné de la misère ne s'était présenté sous des traits plus menaçants à l'esprit effrayé de tous ces pauvres souffreteux, d'ordinaire si résignés, si endurcis !

Ils avaient dit adieu aux branles[36] joyeux et aux dolentes et amoureuses chansons qui, en des temps meilleurs, donnent à ces veillées une physionomie tout originale. Plus de ces vieux et naïfs récits, enfants de l'ignorance, dont notre imagination est toujours si friande.

La médisance elle-même était morte, la médisance, si vivace au village ! et c'était là peut-être le signe le plus caractéristique de leur profonde détresse : ils en étaient réduits à n'avoir plus rien à s'envier.

Un morne silence régnait dans la bergerie : il n'était interrompu que par la crépitation monotone de la pêtrille résineuse[37] qui brûlait le long de la muraille, ou bien par la toux cassée de quelque brebis asthmatique.

Les hommes s'occupaient, les uns à tisser des chapeaux, des paniers ou des corbeilles, les autres à tordre des crins de *saunées*[38] pour prendre des alouettes : les femmes filaient à la quenouille, ou raccommodaient les hardes de la famille.

— Le père Tiennon Corbois est-il là ? dit lentement une vieille femme, sans ôter les yeux de dessus un fond de *cayenne*[39] qu'elle était après piquer.

— Non, non ! répondirent, un moment après, plusieurs voix qui s'élevèrent de différents points de la vaste étable.

— Ah ! reprit la vieille femme, d'un air d'étonnement satisfait, c'est donc bien vrai qu'il est revenu, dans le jour, tout malade de Champillet ?

— Qu'y allait-il donc faire, à Champillet, un vendredi, et par de pareilles neiges ? demanda François Bléron, dit le *Laboureux-fin*[40], l'un des garçons de la ferme.

— Ce qu'il y allait faire, répliqua la mère Guite Charôt, un chacun s'en doute bien ici et toi le premier, maître François. Il y allait pour assister au service mortuaire de ce pauvre Jean Blaisot, de Champillet, qui a fait la moisson, l'an passé, pour la dernière fois, chez le père Bonnin.

Ce fut en vain que François Bléron demanda, à plusieurs reprises, à la mère Guite pourquoi Tiennon Corbois avait fait deux mortelles lieues par un temps

---

[36] Airs de danse.
[37] Grossière bougie de résine avec laquelle s'éclairent les pauvres gens.
[38] Piège à prendre les petits oiseaux, composé d'une longue ficelle à laquelle sont attachés des milliers de crins à nœuds coulants.
[39] Espèce de calotte piquée qui sert de charpente à la coiffe de nos villageoises.
[40] *Fin* est là pour adroit, habile.

aussi rude pour se trouver au service funèbre d'un homme qui, de son vivant, n'avait eu ni parent, ni ami dans le village.

À chaque question, la vieille se contenta de répondre, en hochant la tête, et d'un air de mystère: «Qu'on ne pouvait pas être bien tout à la fois avec le bon Dieu et le Maufait[41], et qu'il y avait toujours plus de profit à avoir affaire à l'un qu'à l'autre.»

— Pour vous prouver ce que je dis, ajouta-t-elle, — sans doute afin de mettre un frein à la curiosité incessante et maligne du garçon de ferme, — je vais vous conter une histoire que je tiens de ma grand-mère, et qui s'est passée, il y a bien longtemps, dans le village même de Cosnay.

À cette annonce, vous eussiez vu ces pauvres diables interrompre leurs divers travaux et bannir de leur esprit toute soucieuse pensée, pour se livrer avidement au plaisir si souvent goûté d'entendre la mère Guite: car nul, dans les environs, ne devisait mieux que cette femme. Son grand âge, sa voix grave et lente, les vieilles locutions qui lui étaient familières, la tournure un peu mystique de son esprit et surtout sa crédulité presque enfantine, donnaient à ses récits les plus fantastiques une incroyable apparence de vérité. Son talent, au reste, était apprécié dans tous les hameaux d'alentour, et maintes fois les gens des Baudins, de Cremeu, de Fontenay et de Riola, s'étaient rendus aux veillées de Cosnay pour lui entendre raconter les légendes de l'Ame en peine, de. l'Oiseau de la mort, de la Chasse à Bôdet, et mille autres traditions plus merveilleuses encore.

Voici quel fut, ce soir-là, le récit de la vieille Guite:

«C'était la veille du bon jour de Noël, au moment de la messe de minuit; la mère de ma grand[42] sortait de la bergerie où nous voilà tous rassemblés, et s'en retournait chez elle, portant le plus petit de ses enfants à son cou. En passant au coin de la chapelle, elle vit reluire au fond d'un grand trou qui s'enfonçait sous l'un des piliers un gros tas de pièces d'or et d'argent. Elle mit bien vite son petit par terre et dévala dans le souterrain.

«Quand elle eut bien rempli d'argent son *devanteau*[43], elle remonta: mais elle ne trouva plus son drôle[44]…

«Elle alla au Grand Prêtre[45] de La Châtre, qui lui dit de porter la pitance et les gages[46] de son petit, tous les jours, à l'endroit où il avait disparu.

---

[41] Le Démon. C'est un des noms que porte le Diable.
[42] Nos paysans disent toujours mon grand, ma grand pour mon grand-père, ma grand-mère.
[43] *Devanteau*: tablier.
[44] Ce mot s'emploie pour enfant, jeune garçon, et sans aucune idée dépréciante.
[45] Aux environs de La Châtre, nos paysans désignent toujours ainsi le curé de cette ville.
[46] *Gages* est là pour hardes, vêtements.

«Au bout d'une année, jour pour jour, aussi pendant la nuit de Noël, et au moment où les cloches de la ville sonnaient l'élévation de la sainte messe de minuit, la mère de ma grand, encore plus chagrinée que de coutume, regagnait son logis, au sortir de la veillée, lorsqu'elle rencontra son cher enfant, assis, comme elle l'avait posé, un an auparavant, au coin de la chapelle mais il n'avait pas produit[47]… Il était tout maigre et il avait une marque[48] : … aussi ce ne fut qu'à force de messes, de prières et d'évangiles que le Grand Prêtre parvint à le reprendre[49].

«De tout son argent, il y avait longtemps que la mère de ma grand n'avait plus un sou.»

Depuis un instant, la vieille Guite avait cessé de parler, et son muet auditoire était encore préoccupé du mystérieux récit, lorsque, soudain, une voix étrangement accentuée, et qui certainement ne partait pas de la bergerie, fit entendre ces paroles :

— Mais, mère Guite, dites donc pourquoi Tiennon Corbois a assisté, ce matin, au service mortuaire de défunt jean Blaisot ?

— Je ne le dirai pas !… s'écria la vieille en se signant.

Elle était debout, et tout son corps tremblait comme sa voix.

Mais l'heure était avancée : l'assemblée se leva en grand émoi et se hâta confusément de sortir de l'étable.

À peine le maître de la ferme venait-il de donner à la porte le dernier tour de clef, que les éclats d'un rire moqueur et prolongé partirent de l'intérieur de la bergerie. Tout le monde l'entendit, personne n'osa en faire hautement la remarque.

— C'est le Follet ! se dit chacun d'eux mentalement.

Non, ce n'était pas le Follet, mais bien le Laboureux-fin, qui, pendant le récit de la mère Guite, était monté sans bruit se coucher dans le fenil de l'étable, et qui, en ce moment, riait de la frayeur qu'il avait jetée dans l'assemblée et surtout dans l'âme de la vieille Guite, devenue si discrète par la crainte des sorciers. Car ce que cette femme et ses voisines s'étaient conté vingt fois, à voix basse, sous les grands noyers du Paraquin, elle n'avait osé prendre sur elle de le redire à la veillée, devant tout le village réuni.

Or, nous, que ne retiennent pas les mêmes scrupules, nous allons vous dire enfin «pourquoi Tiennon Corbois avait assisté au service funèbre de défunt Jean Blaisot».

---

[47] Grandi, profité.
[48] Cette marque, au dire de nos commères, ressemble à l'empreinte d'une griffe de chat et est celle que porte tout individu tombé en la puissance du Diable.
[49] C'est-à-dire : à ravoir, à sauver son âme.

II

Tout à fait à l'orée de la verdoyante oasis que forme, vers l'orient, le massif de hauts noyers qui ombrage les humbles habitations de Cosnay, à l'entrée de l'une de ces antiques et larges voies de communication qui, dans les plus grasses parties du Berry, servaient jadis de routes royales à nos pères, il existe, isolée de ses sœurs, et comme proscrite de la famille, une vieille chaumine dont les mousses et les joubarbes ont depuis longtemps envahi la toiture délabrée. Vis-à-vis cette masure, et de l'autre côté du grand chemin, se trouve la chènevière, compagne inséparable de toute habitation rurale. Entouré de vigoureux pieds de vigne, dont les longs bras tortueux s'appuient sans façon sur de pauvres pruniers qui souffrent un peu de cette familiarité, ce petit enclos, quand vient la belle saison, est sans contredit l'un des plus riants, l'un des plus coquets du hameau.

Parfois, un murmure de paroles confuses et inintelligibles frappe l'oreille du passant qui côtoie cette chènevière. Si ce passant est un habitant du village, il hâte le pas en dépêchant un signe de croix : si au contraire il est étranger au pays et que la curiosité le porte à regarder à travers les pampres, il ne manque pas d'apercevoir, dans quelque coin du verger, un homme de stature moyenne, aux membres amaigris par le travail et dont le regard vif et tant soit peu ironique indique l'intelligence et l'énergie.

Cet homme singulier, cet homme aux paroles mystérieuses, n'est autre que Tiennon Corbois.

Près de lui se tient d'ordinaire une grande chienne maigre, au poil fauve et hérissé, à l'œil inquiet et sauvage, et qui, malgré son aspect repoussant, n'en porte pas moins le doux nom de Charmante.

Or, le 15 août 18.., une bande de *varinaux* et de *berons*[50], auxquels Silvain Bonnin avait donné ses blés à moissonner en gros, venaient de terminer leur rude corvée. Malgré la fatigue et la chaleur accablante de cette journée, ils escortaient en chantant, au son de la musette, la dernière charretée de froment qui rentrait au village et que surmontait une énorme gerbe ornée de rubans, de fleurs et de vertes ramées.

Tous se proposaient de passer une bonne partie de la nuit à faire la gerbaude, réjouissance traditionnelle et gastronomique qui, dans nos campagnes, couronne tout labeur d'une certaine importance.

Jean Blaisot, le roi ou le chef des tacherons, celui qui, durant la moisson,

---

[50] *Varinaux*, habitants du pays de Varenne, du pays maigre.

avait mené la *rége*[51], marchait, ce soir-là, toute besogne faite, à la suite de ses gais compagnons.

C'était un homme d'une trentaine d'années à peine, robuste et patient comme un bœuf. La lenteur un peu pesante de sa démarche et le calme puissant de son regard lui donnaient même quelque ressemblance avec cet honnête animal : ce qui, au demeurant, ne l'empêchait pas d'être un fort beau garçon.

Comme il longeait la chènevière du vieux Tiennon, il avança machinalement la main et détacha quelques feuilles de la treille qui bordait le chemin. Au même instant, le propriétaire de l'enclos, qui était aux aguets, pensant qu'on lui dérobait quelque fruit, se dressa derrière la haie, et fixant ses yeux flamboyants de colère sur le moissonneur :

—Tu t'en repentiras !... lui dit-il, d'une voix sourde et brève.

—Il y a bien de quoi, lui répondit tranquillement le varinau, en lui montrant les deux ou trois feuilles de vigne qu'il plaçait au fond de son chapeau pour se rafraîchir le front.

III

—Vous serez bien heureux d'en être quitte pour la fièvre, mon pauvre Blaisot, disait en entrant dans la cour de la ferme le Laboureux-fin, qui avait été témoin de cette scène.

—Comment cela ? —demanda le moissonneur.

—Ma foi ! parce que le vieux Tiennon n'a pas son pareil pour jeter un sort.

—Bah ! fit le varinau d'un air quelque peu troublé.

—Oh ! il y est mauvais[52] ! dit en s'éloignant le Laboureux-fin.

Cependant, une longue table, garnie de larges gamelles, était dressée dans la cour du domaine. Tous les moissonneurs y prirent place, Jean Blaisot comme les autres. Mais il avait à peine porté quelques morceaux à sa bouche, qu'il se leva en disant :

—Je suis malade... il y a encore une heure de soleil, je vais aller coucher à Champillet... Adieu, vous autres !

Il jeta sa faucille en sautoir sur son épaule et s'éloigna.

—Tiens !... fit entre ses dents François Bléron, le Laboureux-fin.

---

[51] *Mener la rége*, c'est conduire le sillon ou marcher à la tête des moissonneurs pendant le travail.
[52] Locution très employée pour dire : Il y est habile, il y est passé maître.

IV

Huit jours après, le père Bonnin apprenait au marché de La Châtre que Jean Blaisot était dangereusement malade.

Six semaines plus tard, Jean Blaisot était recommandé aux prières de sa paroisse.

Bref, il resta ainsi quatre grands mois, gisant sur son lit, toujours en délire, et parlant sans cesse, dans son égarement, du vieux Corbois, de feuilles de vigne et de sort jeté.

Enfin, le 28 décembre 18.., il passa de vie à trépas.

Cette mort et les particularités qui l'accompagnèrent eurent du retentissement dans la contrée. À Cosnay, les commères du village en firent d'interminables récits. Elles se rappelèrent une foule de circonstances qui ne laissaient dans leur esprit aucune incertitude sur le pouvoir diabolique de Tiennon. La mère Guite fut jusqu'à dire que, partant un jour à deux heures du matin pour se rendre à la *loue*[53] des vendanges de La Châtre, elle avait rencontré sur son chemin, près de la Croix-Mort, le père Corbois qui revenait du Moulin-Barbot, ayant à sa suite une nombreuse troupe de loups[54].

La vieille Guite, selon sa coutume, était de bonne foi tout en se trompant. Son dire, au reste, était trop plausible pour qu'il vînt à l'idée de ses voisines de lui opposer le moindre doute : et puis, elles n'étaient pas obligées de savoir que la peur seule avait fait prendre à la mère Guite pour une bande de loups, la meute villageoise que les corpuscules amoureux de la vieille Charmante, compagne fidèle de son maître, avaient attirée, ce matin-là, sur ses traces.

À force de courir par le village, ces bruits étranges finirent par arriver, nous ne savons comment, à l'oreille de Tiennon Corbois. Il s'attendait si peu à cette accusation, qu'il se contenta, dans le premier moment, de lever les épaules en souriant à sa manière. Il ne chercha pas à se disculper autrement; les protestations verbeuses étaient peu, d'ailleurs, dans son caractère : silencieux et réservé, même avec les siens, il n'était bavard que lorsqu'il se trouvait seul à son travail.

Mais quand cèt homme eut acquis la certitude que de la menace sortie de sa bouche était réellement résultée la mort de l'un de ses semblables, son cerveau si actif ne fut plus préoccupé que de ce fatal événement.

Bientôt, un doute affreux, un doute vraiment satanique, obséda son esprit.

—Si j'étais sorcier !... en vint enfin à se dire ce pauvre songe-creux.

---

[53] Lieu où se louent les gens de journée.
[54] Les *meneux de loups* passent essentiellement pour sorciers.

Oh! ce fut là pour lui, je vous assure, une effrayante pensée. Ce fut une cruelle torture pour cette imagination aussi effrénée qu'aveugle.

Dès ce moment, le jour, durant son travail : la nuit, dans ses veilles, il ne cessa de murmurer ce sinistre refrain : « Si j'étais sorcier !... »

Il chercha longtemps dans la prière quelque allégement à son supplice, mais l'idée dont sa pauvre tête était emplie ne lui permettait même pas de saisir le sens des mots sacrés.

Un soir, qu'entouré de sa vieille mère, de sa femme et de ses enfants il s'efforçait de prendre part à la prière commune, on le vit tout à coup bondir comme un possédé, et, l'œil hagard, la chevelure hérissée, il s'écria en se heurtant la Poitrine : « Je suis sorcier !... Je suis sorcier ! »

Ce fut en hurlant ces lugubres paroles qu'il franchit le seuil de sa chaumière et disparut dans les ténèbres qui couvraient déjà le village.

On ignora longtemps ce qu'il était devenu. Sa famille, désolée envisageait déjà l'avenir avec effroi : car trop souvent dans ces pauvres ménages, l'existence d;un grand nombre d'individus dépend du travail d'un seul, espèce de machine vivante qui fonctionne incessamment pour subvenir aux besoins de la communauté. Encore si cette précieuse machine ne se détraquait jamais ! Si les infortunés auxquels le sort a départi cette voie de douleur étaient assurés de verser leurs sueurs chaque jour de leur vie !

L'indigence avait donc pénétré sous le toit du père Tiennon. Depuis sa disparition, la porte de la cabane était restée constamment fermée, et les souffrances de ses habitants étaient un secret pour tout le village.

Vers la fin du sixième jour qui suivit le départ de Tiennon, au moment où toute la famille, sans doute pour tromper la faim, venait de se coucher plus de bonne heure que de coutume, on entendit au dehors les aboiements d'un chien.

—C'est Charmante qui revient !... dit l'un des enfants, le père n'est pas loin !...

Tout le monde aussitôt se leva : le *chalin*[55] fut allumé, et un instant après, le vieux Mention était au milieu des siens, et s'écriait en les pressant tour à tour dans ses bras :

—Que le bon Dieu et la bonne sainte Solange[56] soient bénis ! j'ai enfin retrouvé le repos que j'avais perdu !...

---

[55] Lampe rustique qui quelquefois consiste en une simple coquille fossile que l'on suspend à la poutre ou à la cheminée.

[56] Sainte Solange, patronne du Berry, est en grande vénération dans nos contrées. Sa fête, qui se célèbre le 10 mai, dans un village situé près de Bourges, et qui porte son nom, attire beau-

À son chapeau brillait un énorme bouquet composé de fleurs artificielles bizarrement coloriées, de globules métalliques et de petits miroirs aux rayonnantes facettes. Il était facile de reconnaître, à ce signalement classique, un pèlerin de sainte Solange, et de deviner à quelle source cet homme avait puisé les puissantes consolations qui avaient si miraculeusement rasséréné son âme.

À partir de ce moment, le calme ne quitta plus l'esprit du vieux Tiennon, et il reprit ses anciennes habitudes sans s'inquiéter désormais des propos de ses voisins. Seulement chaque fois que revenait le 28 décembre, il ne manquait pas de se rendre à Champillet pour «assister au service funèbre du défunt Jean Blaisot».

---

coup d'habitants des provinces voisines.

LE DIABLE MEUNIER

Le diable, après avoir longtemps examiné quel pouvait être, entre tous les métiers exercés ici-bas, celui qui rapportait le plus, celui où il était le plus facile, *perfas et nefas*, de faire rapidement fortune, finit par être convaincu que c'était la profession de meunier.

En conséquence, il résolut d'établir un moulin dans la vallée de l'Igneraie, sur le territoire de la paroisse de Lacs. Il le construisit tout en fer : meules, rouages, *bret*[57], tout le virant-tournant, comme on dit en Berry, était en ce métal, et les diverses pièces du mécanisme avaient été forgées dans les ateliers souterrains de l'Enfer.

Jamais chose pareille ne s'était vue dans le pays ni ailleurs. Aussi les *meulants*[58] affluèrent-ils à la nouvelle usine, et la vogue fut si entrainanfe que tous les meuniers des environs, dont, au reste, on avait grandement à se plaindre, finirent par éprouver un chômage complet, qui les eut bientôt réduits à la besace.

Toutefois, les chalands de Georgeon[59] ne tardèrent pas à s'apercevoir qu'ils étaient tombés de fièvre en chaud mal : car lorsque le Vilain eut accaparé toute la clientèle de la vallée, il traita si mal ses pratiques que celles-ci en crièrent plus que jamais misère.

Heureusement, sur ces entrefaites, saint Martin se trouva à passer par Lacs. Il fut touché de la position de ce pauvre peuple et résolut aussitôt de lui venir en aide.

C'était pendant un hiver fort rigoureux, ce qui augmentait encore la détresse publique. Saint Martin se mit donc sur-le-champ à construire, à quelques cents toises en amont de l'établissement de Georgeon, un moulin tout en glace. Ce fut, grâce au pouvoir du bienheureux, l'affaire de deux matins.

Dès que les grandes roues de la nouvelle meule tournèrent et resplendirent au soleil comme deux immenses pièces d'artifices, tous les métayers et *ménageots*[60] de la contrée, semblables à l'alouette qu'attirent les feux scintillants du miroir,

---

[57] Nous appelons ainsi l'arbre qui sert d'essieu à une roue de moulin.
[58] On nomme ainsi les pratiques d'un meunier, ceux dont un meunier fait passer le blé sous la meule.
[59] Un des noms du diable.
[60] On appelle ainsi le journalier qui possède une chétive maison, une chènevière et quelques boisselées de terre.

s'empressèrent d'apporter leur blé à saint Martin, et chacun d'eux s'en retourna si content de la quantité et de la qualité de la farine que lui avait livrée le divin meunier, qu'en peu de temps Georgeon se trouva à son tour sans pratiques.

Le diable voyant cela, se rendit un beau jour chez saint Martin et lui proposa d'échanger son moulin de fer contre le moulin de glace. Saint Martin répondit qu'il le voulait bien : seulement, il lui demanda mille pistoles de retour. C'était exactement le chiffre du gain illicite qu'avait fait le diable dans l'exercice de sa nouvelle industrie. Georgeon trouva cette condition excessivement dure : mais le saint tint bon, et le marché fut conclu.

Le Vilain était, depuis huit jours, établi dans sa splendide usine, qui marchait à merveille, grâce au froid dont l'intensité allait augmentant, lorsque tout à coup la tiède haleine du renouveau apporta le plus grand désordre dans l'harmonie du mécanisme. Les meules, jusque-là brillantes et dures comme le diamant, commencèrent à suer en si grande abondance, attendries qu'elles étaient par le souffle printanier, qu'elles ne tardèrent pas à laisser échapper de la pâte au lieu de la farine fine et sèche qu'elles donnaient auparavant.

À la vue de ce prodige, Georgeon perdit complètement la tête. Ne pouvant se vouer à aucun saint, en raison de sa qualité de réprouvé, il s'assit, sombre et désespéré, sur la berge de son écluse, et là, d'un œil sec et enflammé de colère, il vit fondre son moulin jusqu'à la dernière parcelle.

Alors, il se leva en silence, s'en fut droit au moulin de fer, reprocha à saint Martin dans les termes les plus acerbes de l'avoir trompé et finit par lui réclamer un dédommagement.

Saint Martin se tint à quatre pour ne pas lui rire au nez et se contenta de lui demander lequel d'entre eux avait proposé à l'autre de faire l'échange des deux moulins.

— Quand à un dédommagement, ajouta-t-il, je ne crois pas t'en devoir. Cependant, voici un champ que je me propose de planter en pommes de terre : si tu veux fournir la moitié de la semence, tu auras la moitié de la récolte.

— J'y consens, dit Georgeon, qui se voyait complètement ruiné et qui ne savait plus de quel bois faire flèche.

Avant d'aller plus loin que l'on nous permette une réflexion.

Il est évident qu'à l'époque ou s'est passée l'action de cette histoire, il ne pouvait être question de pommes de terre, ce qui jette quelque doute sur la vérité des événements que nous rapportons : mais il est à croire que nos conteurs villageois, qui se soucient peu des anachronismes, auront substitué la pomme de terre à la rave ou au navet. D'ailleurs, les Arabes qui racontent cet épisode de notre légende, ne parlent que de ce dernier légume.

Quand la maturité des pommes de terre fut venue, saint Martin dit au diable :

—Ah ! ça, voici notre récolte bonne à prendre mais comme je n'aime pas les reproches, choisis ta part : veux-tu le dessus ou le dessous, les tiges ou les racines ?

—Je prends les tiges, dit aussitôt Georgeon, qui était très neuf en agriculture.

Et il se mit de suite à faucher et à engranger ses fanes de pomme de terre, croyant avoir fait un marché d'or.

Ce ne fut que lorsqu'il vit saint Martin sortir de terre les nombreux et jaunes tubercules, qu'il comprit toute l'étendue de sa bévue.

Nouveaux reproches de la part du Diable nouvelle envie de rire de la part de saint Martin.

—Tu n'es jamais content ! s'écria ce dernier. Voyons, dans deux mois, la saison des semailles sera arrivée : mon intention est de faire du froment à la place des pommes de terre : si tu veux fournir la moitié de la semence, tu auras la moitié de la récolte.

—Volontiers, répondit Georgeon, qui se proposait bien, cette fois, de se récupérer d'une partie de ses pertes.

Au moment de la moisson, saint Martin dit à son associé :

—Je te donne encore le choix : que préfères-tu ? le dessus ou le dessous, les racines ou les tiges ?

—Oh ! pour le coup, à moi les racines s'écria le Diable, d'un air triomphant et capable.

Saint Martin coupe et enlève aussitôt ses gerbes : puis le Vilain se met en devoir d'arracher son chaume.

Il ne lui fallut pas longtemps, comme on peut le penser, pour s'apercevoir de sa nouvelle déconvenue.

Éxaspéré, il court, la rage dans le cœur et l'écume à la bouche, au moulin de saint Martin, accable le digne homme d'un flot d'invectives, et termine son algarade par le provoquer au combat.

—Va pour le combat ! répliqua tranquillement saint Martin, mais à l'instant même, et dans cette chambre.

—À l'instant même et dans cette chambre, reprit approbativement Georgeon, en grinçant des dents d'impatience.

—Comme nous sommes tous les deux vilains, et toi surtout, observa malicieusement saint Martin, tu sais qu'il nous est interdit de vider notre querelle autrement qu'avec le bâton : eh bien, voici justement, dans ce coin, une perche de chêne et un gourdin de néflier qui feront notre affaire, et, quoique tu ne le mérites guère, je veux être généreux jusqu'au bout : choisis ton arme...

Ces mots étaient à peine lâchés, que Georgeon saute sur la branche de chêne et charge son adversaire avec furie : mais, à chaque coup qu'il veut porter, le haut bout de la perche s'embarrasse dans les poutres et les solives de l'appartement, et il ne peut parvenir à atteindre son but, tandis que saint Martin, qui s'est saisi du lourd bâton, le manœuvre à sa fantaisie, se rapproche habilement de Georgeon, et frappe à bras raccourci.

La lutte devenait impossible.

— Grâce ! grâce ! cria bientôt Georgeon.

— Grâce, soit ! répondit saint Martin, en continuant la bastonnade : mais tu quitteras à l'instant la paroisse, et l'on ne t'y reverra plus.

— Je quitterai la paroisse ! jamais on ne m'y reverra !... Mais arrête donc !... arrête !

— J'ai fini, dit saint Martin, en lui allongeant un dernier et vigoureux coup d'estoc : va-t-en, maudit, et que je ne te rencontre plus.

Le Diable ne se le fit pas redire : il sauta par la fenêtre, et disparut sous la saulaie qui ombrageait les abords du moulin.

Or, on ajoute que ce fut pour reconnaître ce signalé service que les habitants de Lacs placèrent, précisément à cette époque, leur jolie petite église sous le patronage du bienheureux saint Martin.

Table des matières